U0133688

The Great Gatsby

了不起的盖茨比

F.Scott Fitzgerald

[美] 斯科特·菲茨杰拉德 著

孙晴 译

作家出版社

那就戴上金帽子，如果那能感动她；

　　要是你能跳得高，那也为她跳起来；

直到她高喊：“情人，戴金帽、跳得高的情人，

　　我一定要拥有你！”

——托马斯·帕克·丹维里埃[1]

① 菲茨杰拉德长篇小说处女作《人间天堂》中的人物。

再一次

献给

泽尔达[1]

[1] 菲茨杰拉德的妻子。

第一章

当我年少懵懂的时候，我的父亲曾经给我一个建议。在后来的岁月中，我一直在心中反复品味这句话。

“每当你想要评判某人时，”他说，“你只要记住，在这个世界上，并不是每个人都具有你所拥有的优越条件。”

他没有再加以解释，可因为我们平常的沟通总是点到为止，所以我知道，这寥寥数语意味深长。受到这句忠告的影响，我一直把对别人的评判藏在心底，这个习惯使我得以走进很多有趣的心灵，同时也使我受到不少城府极深的世故老手的困扰。当这种品质出现在一个正常人身上时，那些不寻常的灵魂便能够迅速侦测到这种气息，并且主动靠近。也正由于这个原因，在大学我被人看作“政客”，受到不公正的责难，因为我知道那些放荡不羁的神秘人物的难言之隐。这些私密大部分都不是我故意打探的——每当我捕捉到准确无误的信号，知道又有人蠢蠢欲动、准备向我倾诉时，我要么佯装昏昏欲睡，要么摆出一副全神贯注于手头工作的样子，或者故作轻浮浪荡的姿态。因为年轻人的内心倾诉，或者至少他们倾诉时的表达方式，总是充满雷同的陈词滥调，或因为过分的遮遮掩掩而变得支离破碎。不妄加评判是一种永无止境的自我期许。我总是担心，我会因为偶尔忘记了父亲的教诲而错过了异彩纷呈的世界，那句父亲不无自豪地教导、我不无自豪地重复践行着的训条：每个人的基本价值观生而不同，不能一概而论。

但是，在夸耀了一番自己的包容家训后，我也不得不承认包容也是有限度的。行为可能建立在坚硬的岩石上，也可能塑造于泥泞的沼泽中，但是当过了特定的节点后，我就没有耐心去了解到底是何种环境塑造了这些截然不同的性格了。当我去年秋天从东部回来后，我只希望全世界的人都穿着整齐划一的制服，有着士兵立正般整齐划一的道德观。我再也没有兴趣在人们的心灵中跋涉，带着悲天悯人的心境去审视这些迥异的灵魂了。只有盖茨比——那个赋予了本书名字的人——是唯一的例外。——盖茨比代表了我曾经由衷嘲笑的一切。如果一个人的性格是由一系列连续的姿态构成的，那么盖茨比身上有着极具魅力的东西。他就像是一台能预报数万英里外的地震的精密仪器，对于人生有着高度的敏感。这种敏感并不是人们惯常所说的优柔寡断、多愁善感的“创造性人格”——而是一种充满希望的卓越天分，一种颇为浪漫的敏捷性格。这是我从未在别人身上发现过的，恐怕也不会再从第二个人身上发现了。不——盖茨比最终证明他是完全正确的，只是那些困囿他灵魂的哀牢、那些他梦醒时所浮起的污浊尘埃，暂时使我丧失了感知人类内心的兴趣，对那些堕入深渊的哀伤和浮华一梦的欢愉变得麻木。

我们卡拉威家族在这个中西部城市也曾经是名门望族，享誉三代。相传我们是布克莱公爵的后代，但是实际建立我们家族这条分支的是我祖父的哥哥。他五十一岁时来到这里，找了一个替身代他去参加内战，自己做起了五金批发的生意，我父亲后来继承了他的事业。

我从未与这位伯祖父谋面，但据说我和他长得非常相像——尤其像那张挂在我父亲办公室里、表情冷峻的画像。我一九一五年从纽黑文毕业，距离我父亲从这里毕业刚好四分之一世纪。不久之后，我参加了旷日持久的日耳曼民族大迁徙，也就是众所周知的第一次世界大战。我非常享受反攻的快感，以至于当我从战场上回来之后，我依然心神不宁。中西部不再是往日世界的温暖中心，而是宇宙的破旧边缘——因此，我决定去东部学习债券生意。我认识的所有人都在从事债券生意，我想它应当也可以多养活我一个。我的亲戚们反复讨论着我的这一计划，仿佛要给我挑选预科学校，最终他们满面愁容、犹犹豫豫地答应了："为什么你要……好……好吧。"我的父亲答应再资助我一年。几经周折，我终于到了东部，在我二十一岁的那年春天。当时我以为我会一直在这里待下去。

在市区里找间公寓也许是最切实可行的做法，但是我到这儿时正是温暖的春天，并且我刚刚离开遍布宽阔草坪和宜人树木的家乡，因此，当办公室的一个年轻人向我提出在郊区的小镇上合租一座房子时，我欣然同意。他找到了房子，那是一座饱经风霜摧残的木板廊房，每月租金八十美元。然而在最后关头，公司外派他去华盛顿，我只好独自搬去郊区。我养了一条狗——至少在它跑走前我养了它一阵子——拥有一辆旧道奇车和一个芬兰女佣，她为我铺床、做早餐，一边在电炉上烧饭，一边自己念叨着芬兰谚语。

最初几天我非常孤单，直到有一天早晨，一个比我还晚来的新住户在路上拦住了我。

"请问去西卵村怎么走？"他无助地问。

我给他指了路。当我继续向前走时，我不再感觉孤单了。我是一个向导，一个探路者，一个原住民。他在不经意间使我融入了这个社区。

阳光普照大地，绿意萌动枝头，万物生长犹如电影快进镜头一般，这令我又重新找回熟悉的信念：新生活将随着夏天一起到来。

有那么多书可以读，从令人振奋的空气中可以汲取那么多的营养。我买了几十本关于银行、信贷和投资证券的书，它们站在我的书架上，朱红烫金的封面就像是造币厂新鲜出炉的钞票，要向我揭示只有迈达斯[①]、摩根[②]和米西纳斯[③]才知道的生财之道。我对涉猎其他领域的书籍也兴致颇高。我在大学更像是个文学青

---

① 迈达斯：古希腊国王，以贪财著称，曾被森林之神西勒诺思和酒神狄俄尼索斯赋予点石成金的能力。

② 摩根：美国银行家，一手推动了通用电气公司的组建，并出资建造了泰坦尼克号。

③ 米西纳斯：古罗马艺术赞助人的鼻祖，生于大富之家，奥古斯都大帝的好友兼谋臣。

年——有一年我为《耶鲁评论》写了一系列严肃而直白的社论，如今，我要重拾曾经的兴趣，变成一个博而不精的专家——一个“全才”。从一个窗户望出去，人生要成功得多，这可不单单只是一句挖苦的话。

我在北美最不可思议的社区租住，这纯粹是机缘巧合。那是纽约东部的一个狭长小岛——这岛上有不少自然奇观，还有两个形状不同寻常的半岛。它们距离城市二十英里，是一对巨大的卵状半岛。这两块轮廓近似的半岛由一道水湾隔开，延伸进西半球最风平浪静的海域中。这里堪称长岛海峡秀美湿润的“后院”。它们并非是完美的椭圆形——而像哥伦布故事中的鸡蛋一样，连接大陆的部分呈扁平状——但是它们相似的外形还是给飞过的海鸥造成不少困扰。对于无翼的两足兽来说，更有趣的是这两个地方除了形状面积的相似外，在其他方方面面都截然不同。

我住在西卵，这个——好吧，用世俗的眼光评价，这是两个小岛中不够时髦的那个。但是这种肤浅的标签并未表达出两个地方奇异而凶险的反差。我的房子在西卵的最前端，距离长岛海峡只有五十五码，夹在两座季度租金高达一万二至一万五千美元的豪宅中间。我右边的那幢别墅，无论用任何标准衡量，都是一座宏伟壮观的府邸，看起来酷似诺曼底的市政厅。在房子的一边矗立着一座塔楼，崭新的塔尖上围绕着几蔓嫩绿的常青藤，此外还配有大理石筑成的游泳池，以及超过四十英亩的草坪和花园。这是盖茨比的豪宅。我并不认识盖茨比，所以更准确地说，它是一个名为盖茨比的绅士所居住的豪宅。我自己租的那间寒酸的房子显得与周遭环境格格不入，但它非常小，无伤大雅。总体而言，我以区区每月八十美元的代价，获得了海景、邻居草坪的部分景色，以及与百万富翁比邻而居的优越位置。

穿过那条水湾，东卵村时髦的、宫殿般的白色豪宅在海岸线上闪闪发光。当我驱车去东卵和汤姆·布坎南共进晚餐时，这个夏天的故事才真正开始。黛茜是我的远房表妹，而我在大学就认识了她的丈夫汤姆。一战后，我在芝加哥和他们短暂相聚了两天。

她的丈夫取得过多项体育成就，并且成为纽黑文数一数二的橄榄球锋线选手——从某种程度上说，他已经成为了一个全国性的人物。一个年轻人在二十一岁时就取得了登峰造极的成就，以至于他后来的所作所为都像是在走下坡路。他的家庭非常富有——在大学时，他的挥金如土就已饱受诟病——如今，他从芝加哥搬来东部的奢侈作风愈加令人咋舌。比如，他从森林湖将他一系列的马球马队全部运了过来。很难相信在我的同辈人中，居然有人阔绰到如此地步。

我不清楚他们为什么来到东部。他们在法国漫无目的地待了一年，然后一直居无定所，哪里富人扎堆、有人一起玩马球，他们就去哪里。黛茜在电话里跟我说，这次是他们最后一次搬家，但是我难以相信她的说法——我无法窥测黛茜的内心，但我感觉汤姆会一直漂泊下去，一直略带感伤地追寻橄榄球比赛中那些一去不返的激情岁月。

在一个暖风醉人的傍晚，我开车去东卵村见这两位我并不太了解的老朋友。他们的房子比我想象中还要富丽堂皇，那是一座红白相间的佐治亚殖民时期的别墅，远眺海湾。长达四分之一英里的草坪从沙滩一直铺到门前，径直经过了日晷、砖砌步道和艳丽似火的花园——最终当它到达别墅门前时，翠绿欲滴的藤蔓仿佛借着走势一跃而上，顺着墙壁攀缘上去。别墅正面，一排落地窗在阳光下反射着金光，窗户大敞，夏日午后和煦的微风吹进别墅。汤姆一身骑马服，双腿叉开站在前廊上。

他比纽黑文时期变了许多。如今他成了一个三十多岁、长着强韧稻草色头发的中年人，唇形硬朗，举止傲慢。他的脸上最突出的是那双闪着桀骜光芒的眼睛，令他显得更加咄咄逼人。即便是他身上稍显柔美的华丽骑装也难以掩盖他强壮的身体——当他系紧顶端的系带时，他的腿似乎已经把那双锃亮的靴子塞得满满当当。当他肩膀甩动时，你可以透过薄薄的衣衫看到衣服下大块的肌肉在抖动。这是一个力大无穷的身体，一个冷酷蛮横的身体。

他粗哑的嗓音，更增添了他身上散发的粗粝暴躁的气息。他说话时带着蔑视的口气，即便是对他喜欢的人也是如此——在纽黑文时，就有人讨厌他这种口吻。

他的一举一动仿佛在暗示："不，千万不要只是因为我比你们更强壮、更富有男子汉气概，就认为我的想法绝对正确。"我们加入了同一个高年级社团，尽管我们从未特别亲近，但是透过他独有的既倨傲、又感伤的神气，我总感觉他很赞赏我，并且希望我也能喜欢他。

我们站在洒满阳光的门廊上聊了一会儿。

"我找的这地方不错。"他说着，眼睛不停四处张望。

他用一只胳膊把我转了过来，伸出他宽大的手掌向远处一挥，在他手划过的范围内，我看到一座下陷的意大利风格的花园，半英亩香气浓郁的玫瑰，一艘前端翘起的汽艇在岸边随着海浪起伏。

“这地方原本属于石油大王德梅因。”他突然但不失礼貌地又把我转了回去，“我们进屋吧。”

穿过高高的走廊，我们走进了一个明亮的玫瑰色大厅。大厅通过两端的落地窗与房子巧妙相连。窗户半开，窗外绿草如茵，草色似乎入帘来。在草坪的映衬下，窗玻璃发出透亮的光。一阵微风吹进房间，窗帘如同白色旗帜般随风摇曳，一端飘进来，另一端摆出去，缠绕着飞向天花板上霜糖婚礼蛋糕般的装饰，然后又泛着涟漪拂过酒红色的地毯，在地毯上落下阴影，犹如风吹过海面。

大厅中唯一静止的是一张巨大的沙发，两个年轻女人坐在上面，就像飘浮在一只系住的氢气球上。她们都穿着白色裙装，裙摆在风中飘动，漾起波纹，仿佛她们刚完成一次短途环屋旅行，被风儿送了回来。我一定是失神聆听了一会儿窗帘拍动的响动，以及墙上的一幅挂画吱嘎的呻吟。突然砰的一声，汤姆·布坎南把后窗关上了，将风挡在了屋外。窗帘、地毯以及那两个女人随之徐徐降落到地板上。

我不认识两个女孩中较为年轻的那个。她全身舒展，躺在沙发的一端，一动不动，下巴微微抬起，仿佛上面放着什么东西，她要保持平衡以防掉下来似的。不知她是否透过眼角的余光瞥到了我，总之她没有任何表示——反倒是我吃了一惊，几乎要向她道歉，请她原谅我走进来打扰到了她。

另一个女孩就是黛茜。她做出一副要起身的姿态——一脸真诚地向前微倾——然后她笑了起来，不明所以但非常迷人。

“我高兴得要昏……昏过去了。”

她又笑了起来，仿佛自己说了一句特别幽默的话。然后她拉住我的手握了一会儿，抬头端详我的脸，向我保证，我是她在这个世界上最想见的人。这是她一贯的处事风格。她低声告诉我那个力争下巴平衡的女孩叫贝克。（我曾听说黛茜低声说话只是为了让别人靠她近一点，但是这些捕风捉影的批评丝毫不会减损她的魅力。）

不管怎么说，贝克小姐的嘴巴动了一下，她朝我微微点头，姿势如此之轻，以至于几乎观察不到。然后她迅速把头仰回去——很显然，她下巴上需要平衡的东西摇晃了一下，令她感到恐慌。我差点又说出道歉的话。几乎各种全然自我的姿态都能令我既惊讶又叹服。

我回头看看我的表妹，她开始用她那低沉而兴奋的嗓音向我发问。这种声音总是让人愿意洗耳恭听，好像每句话都是只演奏一次的乐章。她的脸庞忧郁而美丽，其中蕴含着生机：明亮的眼睛，娇艳而热情的嘴唇，她的声音中藏着一种动人心魄的美，让那些在乎她的男人们难以忘怀：那是一种想要歌唱的冲动，一声轻柔的“听着”，一句承诺，告诉我们她曾经做了许多激动人心的事，而且这样的事情还会在接下来纷至沓来。

我告诉她我搬来东部的途中，在芝加哥停留了一天，无数人都希望通过我向她问好。

“他们想我吗？”她欣喜若狂地叫着。

“整座城市都陷入了对你的疯狂思念。所有汽车的左后轮胎全部涂成了黑色，就像是哀悼的画卷；沿着北岸，哀号声彻夜不绝。”

“太令人向往了！我们回去吧，汤姆。就在明、明天！”然后她又加了一句无关的话，“你应该去看看宝宝。”

“我当然乐意。”

“她睡着了。她今年三岁。你从没见过她吧？”

“从没见过。”

“好吧，你应该去见见她，她——”

这时，一直不停在房间里来回踱步的汤姆·布坎南停了下来，把他的手放在我的肩上。

“你现在做什么工作呢，尼克？”

“我在做债券生意。”

“跟谁一起做？”

我告诉了他。

“从来没听说过这些人。”他断然评价道。

他的话让我心生不快。

“你会听说的，”我简短地回答道，“如果你一直待在东部的话，你会知道他们。”

“哦，我会待在东部，你不用担心，”他一边说，一边看了一眼黛茜，又看了看我，仿佛他在警惕着什么别的事情，“如果我搬到别处去，我就是个天大的傻瓜。”

这时贝克小姐应和道：“太对了！”我被她突如其来的声音吓了一跳——这是我进屋之后她开口说的第一句话。显然她自己也跟我一样吓了一跳，因为她打着哈欠，飞快又敏捷地站了起来。

“我身体都变僵硬了，”她抱怨道，“我一直躺在沙发上，都忘了躺了多久了。”

“别看我，”黛茜回敬道，“我一下午都试着劝你去纽约。”

“不了，谢谢，”贝克小姐盯着刚从食品间端来的四杯鸡尾酒说，“我正在接受训练呢。”

男主人难以置信地看着她。

“你在训练！”他端起酒杯一饮而尽，仿佛那里面只有杯底的一滴，“我真想不明白你能做成什么事。”

我看着贝克小姐，思考着她想“做成”的是什么事。我喜欢观察她。她身材苗条、乳房娇小。她的仪态非常挺拔，因为她总是昂首挺胸，像一个年轻的军校学生。强烈的阳光使得她眯起灰色的眼睛，用一种礼貌的好奇神情回望着我。她的脸苍白而迷人，略带一丝愠色。我突然觉得我之前在哪里见过她，或者见过她的照片。

“你住在西卵，”她轻蔑地评论，“我认识住在那儿的人。”

“我并不认识谁——”

“你一定听说过盖茨比。”

“盖茨比？”黛茜追问，“什么盖茨比？”

我还没来得及告诉她盖茨比是我的邻居，用人就宣布晚餐开始了。汤姆·布坎南用他的胳膊紧紧拽着我，不容分说地把我从房间里拖出来，就像把棋盘上的棋子移动到一个格子上。

那两个年轻女人将手轻柔慵懒地搭在她们纤腰上，先于我们走入了玫瑰色的门廊。打开的窗户外，夕阳正浓，四支蜡烛在渐熄的微风中摇曳着烛光。

“为什么点蜡烛？”黛茜皱着眉头抱怨道。她用手指捏灭了烛光，“再过两个星期，就到了一年当中最长的一天了。”她容光焕发地看着大家，“你们会不会盼望着一年当中最长的一天到来，结果又错过了呢？反正我总是盼望着这一天，到头来又忘记了。”

“我们应该计划点什么。”贝克小姐打着哈欠坐在桌子旁，仿佛她要钻进被窝了。

“好吧，”黛茜说，“我们要计划些什么？”她无助地问我：“人们都计划些什么？”

我还没开口回答，她突然用一种惊恐的眼神紧紧盯着自己的纤细的手指。

“看！”她抱怨道，“我弄伤了我的手指。”

我们都望向她的手指——指关节瘀青发乌。

“都是你弄的，汤姆，”她责备地说，“我知道你不是故意的，但的确是你弄的。这就是我嫁给一个莽夫的下场，一个五大三粗的、健壮又笨重的——”

“我讨厌‘笨重’这个词，”汤姆恼怒地反驳道，“哪怕只是开玩笑。”

“笨重的。”黛茜顽固地重复道。

有时她会和贝克女士不显山不露水地交谈几句，但是有趣的是，她们之间的交谈完全不是闲聊，反而非常冷淡，如同她们雪白的裙装，抑或她们毫无欲望的冷漠双眼。她们出席了晚餐，也接纳了我和汤姆同桌共饮，但她们只是面带微笑、出于礼貌地应酬他人，丝毫不为取悦他人或被他人取悦而费心劳神。她们明白晚餐很快将要结束，无须多时，这个夜晚也将要逝去，如同弹指一挥般轻巧。这与西部的风格截然不同。在西部，人们总是像赶场一样度过夜晚，匆匆忙忙直到夜晚结束，不断重复着期望又失望的持久循环，或者对时光易逝的极端恐惧。

"你让我觉得我不太文明，黛茜。"当我喝下第二杯带有软木塞味道但回味悠长的红酒时，我坦白了我的感受，"难道你不能聊聊庄稼或者其他什么吗？"

我说这话别无他意，然而不承想，话题被带入了一个未曾预料的方向。

"文明正在土崩瓦解，"汤姆激动地将它打断，"我现在成了一个无可救药的悲观主义者。你读过戈达德的《有色帝国的崛起》[①]吗？"

"没有，怎么了？"我答道，被他的语调吓了一跳。

"好吧，这本书写得很棒，每个人都应该读读它。这本书的大意是如果我们不当心，白种人就会——就会全部被淹没。这本书都是科学论断，它的结论已经被证实了。"

"汤姆变得越来越深刻了，"黛茜说道，不经意间露出忧伤，"他读的书都很深奥，里面都是冗长的词汇。那个词怎么说的，我们……"

"这些书都非常科学，"汤姆再次强调，不耐烦地瞥了黛茜一眼，"这个家伙研究透了整个局势。我们作为优等种族必须要当心，不然其他人种就会掌控世界。"

"我们将会打倒他们。"黛茜喃喃自语，窗外炽烈的阳光使得她不住地眨眼。

"你应当住在加州——"贝克女士刚开口，汤姆重重地移动了一下椅子，打断了她。

"书里说，我们都是北欧人。我是，你是，你也是，还有——"

---

① 一般认为这本书是根据洛斯罗普·斯托达德（Lothrop Stoddard）的《有色人种与世界最优白人对立的趋势上升》虚构而来的。

经过一瞬间的犹豫，汤姆朝黛茜轻轻点了点头，把她也包括在内。黛茜又朝我眨了一下眼。“——并且我们创造了所有构建文明的元素，噢，例如科学和艺术，以及其他所有。你明白吧？”

他对这些理论的沉迷带着一丝悲哀，仿佛他的自满虽然比往日更加严重，但对他自己来说仍显不足。几乎与此同时，屋里的电话响了起来，男管家离开了门廊。黛茜趁这个空当向我斜靠过来。

“我要告诉你一个家里的秘密，”她兴高采烈地耳语道，“是关于这个男管家的鼻子的。你想知道这个男管家的鼻子的事么？”

“这正是我今晚来的目的。”

“好吧，他以前不是管家。他之前曾经在纽约给一个人擦银器，那个人有一套共两百人使用的银餐具。他从早擦到晚，直到有一天他的鼻子出了问题……”

“事情变得越来越糟糕。”贝克小姐插嘴说。

“是的，事情越来越糟，以至于最后他不得不放弃了这份工作。”

有那么一刻，夕阳最后一抹余晖落在黛茜光彩照人的脸上，留下浪漫的晕染。她的声音使得我情不自禁地靠过去，屏息聆听。随后，余晖慢慢黯淡，每一束光线都恋恋不舍地离她而去，就像黄昏时分，孩子离开一条乐趣盎然的街道。

男管家回到门廊，凑近汤姆的耳朵低声说了什么，汤姆皱起眉头，推开椅子，一言不发地走进屋去。汤姆的离开似乎唤醒了黛茜内心的某种东西，她再次倾过身来，声音动人，宛如歌唱。

“我很开心能和你共进晚餐，尼克。你让我想起了一个——一朵玫瑰，一朵真正的玫瑰。他像不像？”她扭头向贝克小姐寻求赞同，“一朵真正的玫瑰？”

这是谎言。我一点儿都不像玫瑰。她只不过是即兴吹捧罢了，但是她带来一股撩动人心的暖流，仿佛她的这番扣人心弦的美言中藏着她的真心，想要对你坦承心意一样。然后，她突然把餐巾扔到桌子上，向我们道声“失陪”，走进了房间。

我和贝克小姐交换了一下眼神，故意不表露内心的想法。我刚要说话，她突然警觉地坐直身子，并发出“嘘”的警告。屋内传来一阵刻意抑制、但仍难掩兴奋的低语，贝克小姐侧着身子努力地偷听，丝毫不感到羞愧。那声音断断续续，时而低沉，时而又激动高昂，然后就消失了。

“你说的那位盖茨比先生是我的邻居——”我说道。

“别说话，我想听听发生了什么。”

“发生了什么事吗？”我天真地问。

“你的意思是你不知道？”贝克小姐由衷地震惊，“我以为大家都知道。”

“我不知道。”

“不会吧——”她犹豫地说，“汤姆在纽约有个女人。”

“有个女人？”我茫然地重复道。

贝克小姐点了点头。

“照理说她也应该有点基本的礼貌，别在晚餐时给他打电话。你说是吧？”

我还没理解她的意思，就听到裙摆窸窣和皮靴嘎吱的声响。汤姆和黛茜回到了餐桌上。

“真没办法！”黛茜强颜欢笑地叫道。

她坐下来，打量了一下贝克小姐，又打量了一下我，继续说道："我欣赏了一会儿窗外的景色，看起来非常浪漫。有一只鸟停在草坪上，我想一定是搭乘冠达邮轮或者白星航运[①]漂洋过海而来的夜莺。它一直在唱歌——"她的声音也婉转如歌，"这真浪漫，不是吗，汤姆？"

"非常浪漫，"他附和道，然后心事重重地对我说，"如果晚餐后天还亮着，我想带你去马厩看看。"

此时电话铃声大作，令人心惊。黛茜坚定地向汤姆摇头，关于马厩的话题就没再继续。实际上，此后晚宴就陷入了沉默。我依稀记得在晚餐最后支离破碎的五分钟内，蜡烛再次被无端点亮，我下意识地想正视每个人，但又想避开所有人的眼睛。我猜不出黛茜和汤姆在想什么，但是对于刚才那第五位不速之客刺耳的、金属声的催命电话，我怀疑哪怕是洞谙世事的贝克小姐，也难以完全置若罔闻。对于有些人来说，情况可能变得非常有趣——但我的第一反应却是马上报警。

不消说，马的事情再也没有被提起。汤姆和贝克小姐踱步去了书房，两人之间落下数尺暮光，就像要去为一具真真切切的尸体守夜。我则跟着黛茜穿过一连串相连的游廊，来到位于前端的门廊，装出兴致勃勃、毫不知情的样子。我们并肩坐在幽暗门廊中一张柳编的长椅上。

黛茜用手捧着自己的脸庞，仿佛在感知它可爱的轮廓。她的

---

① 这两个都是著名远洋航运公司。冠达邮轮创办于1840年，为全球首家推出环球航行的邮轮公司。白星航运曾打造著名的泰坦尼克号，该公司于1935年卖给了竞争对手冠达邮轮。

眼睛慢慢望向窗外天鹅绒般的暮色。我看得出她的内心正被激烈的情感撕扯，所以我问起了她的女儿，我想这样的问题可能能让她平静下来。

“我们彼此并不了解，尼克，”她突然说，“哪怕我们是表兄妹。你都没来参加我的婚礼。”

“那时我还在战场上。”

“没错。”她犹豫了一下，“好吧，我经历了一段非常糟糕的时期，尼克，我对周遭的一切都感到愤世嫉俗。”

很显然，她有理由这样。我等她把话说完，然而她没再继续说下去。过了一会儿，我小心翼翼地再次提起她的女儿。

“我想她已经学会开口说话了，还学会了吃东西，什么都会了吧。”

“哦，是的。”她心不在焉地看着我，“听着，尼克。让我告诉你，当她出生时，我都说了些什么。你想听吗？”

“非常想。”

“这能让你知道为什么我对、对事物的态度变成这样。好吧，她出生还不到一小时，天知道汤姆在什么地方。我从麻醉剂的作用中清醒过来，感觉自己彻底被抛弃了。我马上问护士是男孩还是女孩，她告诉我是个女孩，我转过头，泪流不止。‘好吧，’我说，‘我很高兴她是个女孩。我希望她变成一个傻瓜——对女孩来说这是世上最好的出路，变成一个漂亮的小傻瓜。’

“你看，总之我觉得所有的事情都糟糕透了，”她用一种确信无疑的口气继续说，“每个人都这么认为，那些最优秀的人也不例外。我知道。我哪儿都去过，什么都见过，什么都做过。”她的双眼环顾四周，闪烁着挑衅的光芒，像极了汤姆，接着她笑起来，那是一种令人毛骨悚然的嘲笑，“世故——上帝，我如此世故！”

她的声音瞬间将我的注意力和意识拉回到现实中，我才惊觉，她刚才这番高谈阔论纯属故弄玄虚。这令我心生反感，似乎整个夜晚，她只是略施小计，以骗取我的仰慕之情。我等待着，终于有一个瞬间，令我确信了我的想法：她可爱的脸庞上浮现出造作的假笑，仿佛在宣告她属于一个神秘的上流社会，汤姆也是其中的成员。

在室内，深红色的房间里灯影幢幢。汤姆和贝克小姐分坐在长沙发的两端，贝克小姐正为汤姆大声朗读着《星期六晚邮报》。被她毫无起伏的轻声低语念出，那些词句反倒融汇成一种令人心神安宁的腔调。灯光直射在汤姆的靴子上，闪闪发亮；在贝克小姐秋叶般的黄发上，则只剩下昏暗的余光；当她翻动纸页时，光线在页面上闪烁，她手臂上细长肌肉的抖动隐约可见。

当我们走进屋去时，她举起一只手来，示意我们不要出声。

“未完待续，”她说道，将杂志扔到桌子上，“请见下期。”

她活动了一下膝盖，身体振作了一下，站起身来。

“十点了，”她说道，显然在天花板上找到了时钟，“乖女孩儿该睡觉了。”

“乔丹明天要去打锦标赛了，”黛茜解释道，“在韦斯特切斯特。”

“噢，原来你是乔丹·贝克。”

我现在知道为什么觉得她似曾相识了。在报道阿什维尔、温泉城和棕榈滩的体育比赛的众多报刊照片上，我都见过她那种愉快中带着轻蔑的面孔。我也听说过关于她的一些难听的丑闻，但是我早就忘了具体是什么内容了。

“晚安，”她柔声说，“八点钟叫醒我，可以吗？”

“如果你起得来的话。”

“我起得来。晚安，卡拉威先生。期待不久再跟您见面。”

“当然了，你们很快就会再见面，”黛茜附和道，“老实说，我还想为你们安排一场婚礼呢。尼克，常来看看，然后我会把你俩绑在一起。比如说，不小心把你们锁在壁橱里，或者推到一艘小船上出海去，诸如此类的事情。”

“晚安，”贝克小姐从楼梯上喊道，“我一个字都没听见。”

“她是个好女孩儿。”过了一会儿，汤姆说道，“他们不应该让她这样全国到处跑。”

“谁不应该？”黛茜冷冷地询问。

“她的家人。”

“她只有一个姑妈了，老得都快一千岁了。再说，尼克会照顾她的，不是吗，尼克？今年夏天她会经常在这儿度过周末。我想我们家庭的氛围对她很有帮助。”

黛茜和汤姆沉默地对视了一会儿。

“她来自纽约吗？”我赶紧问。

“她来自路易斯维尔。我们一起在那里度过了纯洁的少女时光。我们美好、纯洁的……”

“你有没有和尼克在游廊上聊聊心事？”汤姆突然质问。

“我有吗？”黛茜看着我，“我好像记不起来了，但是我想我们讨论了北欧人种。是的，我确信我们说过。我们不由自主就聊到这话题了，你知道首先……”

“尼克，她说的每件事你都别相信。”他告诫我。

我轻声说我什么都没听到，几分钟后，我起身回家了。他们送我到门口，肩并肩站在一方喜气洋洋的灯光中。我刚发动汽车，黛茜突然喊道：“等一下！”

“我有件事忘了问你，这事还挺重要的。我们听说你在西部和一个女孩儿订婚了。”

“没错，”汤姆友善地应和，“我们听说你订婚了。”

“这纯属谣传。我太穷了，订不起婚。”

“但是我们听说了，”黛茜坚持道，然后再次妙语生花，令我惊叹，“三个人都跟我们说过，所以这一定是真的。”

我当然知道他们指的是什么，但是我压根没有订婚。实际上，躲避这个广为流传的谣言，也是我搬来东部的原因之一。你不能因为传言就跟老朋友绝交，但是另一方面，我也不想迫于流言压力而草草结婚。

他们的关心触动了我，令我觉得富有的他们也不那么高高在上了。但是，当我驾车离开时，仍然感到困惑，甚至有些反感。对我来说，黛茜应该做的事情是抱着孩子赶紧离开这个家，但显然，她的脑子里全然没有这样的观念。至于汤姆，比起他“在纽约有个女人”，更令人惊奇的是，他竟然为一本书的内容而感到沮丧。一些不明的东西正在促使他啃食那些陈词滥调的皮毛，仿佛他强健的体魄已经无法再滋养他自负专横的内心了。

公路旅馆的房顶上，路旁车库的门前，都已经显现出盛夏的迹象。崭新的红色加油泵矗立在明亮的灯光下。我回到西卵村的住处，将车停进车棚，坐在院子里一台废弃的割草机上。晚风已经停息，留下一个星光灿烂、众声喧哗的夜晚。鸟儿在树上拍打翅膀，青蛙的叫声犹如起伏不绝的风琴，似乎刚才呼啸的夏风唤醒了它们的热情。一只猫的剪影摇曳着穿过月光，当我扭头去观察它时，我才发现，原来我并不是独自一人——五十英尺外，一个人从我隔壁别墅的阴影中走出来，双手揣在口袋里，驻足凝视点点星光。他悠然自得的举止和他站在草坪上稳健的姿势告诉我，这就是盖茨比本人。他走出来看看，我们头顶哪片天空应当属于他。

我决定跟他打声招呼。贝克小姐在晚餐时提到了他，我可以以此做自我介绍。但是我没有叫他，因为他突然做了一个动作，暗示他正享受自己的独处：他朝着幽暗的海水奇怪地伸展了一下双臂，尽管我离他很远，但我也看出他在战栗。我不由得向海边望去，除了一盏绿灯，什么都没有。灯光微弱而遥远，可能位于码头的尽头。当我再次望向盖茨比时，他已经消失了，又独留我一人在这不平静的黑夜。

第二章

差不多在西卵村和纽约的正中间，公路匆匆忙忙地与铁路会合，并肩前行了大约四分之一英里，好像是为了逃避一个不毛之地。这里是灰烬谷。在这个奇特的农场上，灰烬就像麦子一样生长，长成山脊、山丘以及风格奇异的花园，也有可能落成房子或者烟囱的形状，甚至可能是袅袅炊烟。最终，经过卓绝的努力，灰烬落成土灰色的人的形状。在遮天蔽日的灰尘中，人们勉强穿行的身影时隐时现。偶尔有一列灰色的车厢沿着看不见的铁轨磕磕绊绊地开过来，突然发出瘆人的嘎吱声，列车停下。很快，土灰色的人就蜂拥而至，扛着沉重的铁铲，扬起云团一般的浓密尘埃，就像拉起一道帘幕，让你看不清他们的举动。

但是，如果你往上看，穿过这片灰茫茫的土地，再穿过不断飘浮其上的阵阵浊尘，你就会看到艾克尔伯格医生的眼睛。这双眼睛蔚蓝而巨大，瞳孔足足有一码高。目光透过一副巨大的金框眼镜向外注视，但是他的脸并不存在，眼镜只不过架在一个假想的鼻子上。显然，一个异想天开的眼科医生为了扩大自己在皇后区的生意，将它们固定在那里，然后这人或许永远闭上了双眼，或许搬去别处，忘记了这招牌的存在。但是他那双因为饱经日晒雨淋、不加修缮而逐渐黯淡的眼睛，却一直若有所思地凝视着这片肃杀的荒地。

灰烬谷的一端是一条污浊的小河，当吊桥升起以便驳船通行时，在暂停的火车上等待过桥的乘客，可能要盯着这片荒凉的景象长达半小时之久。平常火车在这里也会至少暂停一分钟，正因如此，我才得以第一次见到汤姆·布坎南的情妇。

所有认识他的人都坚称他有个情妇。他总是偕情妇一起出现在时髦餐厅，留她在桌旁，然后自己四处穿梭，和所有他认识的人闲聊。他的朋友们对此非常反感。尽管我对她有点好奇，但我并不想和她会面。然而我还是见到了她。一天下午，我和汤姆一起坐火车去纽约，当火车在灰堆旁停下来时，他突然跳起来，握住我的臂肘，强行把我拽下车。

“下车，”他坚持道，“我想让你见见我的女朋友。”

我想他午餐时肯定喝了不少酒，他硬拉着我一起的架势近乎暴力了。他肯定自以为是地认为，周日下午我没有比这更好的事情可以做了。

我跟着他，翻过一排低矮的、刷白的铁路围栏，又在艾克尔伯格医生的持久注视下，沿着路往回走了一百码。眼前唯一的建筑物是一排局促的黄色砖楼，坐落在这片荒地的边缘。这建筑颇具缅街[1]的紧凑风范，周遭空无一物。楼里有三间商铺，一间待租，一间是通宵营业的餐厅，门前一条铺满灰尘的小径，而第三间是一个汽车修理行，招牌上写着“乔治·B. 威尔逊，修车，买卖车辆”，我跟着汤姆走了进去。

店铺内部空空荡荡、显得非常萧条，唯一能看到的车是一辆落满尘埃的破旧福特，蜷伏在昏暗的角落里。当店主出现在办公室门口，用一块废布擦手时，我感觉这家有名无实的维修店可能只是一个障眼法，在楼上其实藏着一间华丽浪漫的公寓。店主金发碧眼、无精打采、面色苍白，长得还不算难看。当他看到我们时，那双浅蓝色的眼睛里迸发出一线希望的微光。

“你好，威尔逊，老兄，”汤姆说着，快活地拍了拍他的肩膀，“生意怎么样？”

“还可以，”威尔逊的答案并不令人信服，“你什么时候把那辆车卖给我？”

“下星期，我已经让我的人开始着手这件事了。”

“他进度挺慢的，是吧？”

“不，不慢，”汤姆冷冷地说，“如果你这么觉得，或许我最好把车卖给别家。”

“我不是这个意思，”威尔逊连忙解释道，“我只是说……”

他的声音渐渐听不到了，汤姆不耐烦地四处打量店铺。然后，我听到楼梯上响起脚步声，不一会儿，一个女人丰腴的身影挡住了办公室门口的光线。她三十五六岁，略显发福，但她身上的赘肉显

---

① 小镇零售商聚集的主要街道。

得颇为肉感，有些女人就是有这个本事。她身着一件沾着油渍的深蓝双绉连衣裙，五官说不上漂亮，但能令人一下子感受到她的活力，仿佛她身体里每一根神经都在持续地燃烧。她慢慢地露出微笑，径直从她丈夫身边穿过，仿佛他就是个幽灵似的。她握住汤姆的手，望着他，眼波流转。然后她舔了舔嘴唇，头也不回地用柔和而粗哑的声音吩咐她丈夫："去搬几把椅子呀，怎么傻站在这儿，得让大家有地方坐呀。"

"哦，好。"威尔逊急急忙忙地应着，向那间狭小的办公室走去，他的身影与灰色的水泥墙融为一体。灰白色的尘埃掩盖了他深色的西装和他浅色的头发，也掩盖了周围的一切——除了他的妻子，她正向汤姆走近。

"我要见你，"汤姆热切地说，"乘下一班火车吧。"

"好的。"

"我在底层的报亭旁边等你。"

她点了点头，又和他拉开了距离，恰好此刻汤姆从办公室拖着两把椅子出来。

我们一直走到公路旁看不到的地方等她。再过几天就是七月四日了，一个满身灰尘、骨瘦如柴的意大利小孩正在点燃铁轨上排成一列的鱼雷。

"真是个鬼地方，是不是？"汤姆说道，皱着眉头和艾克尔伯格医生对视了一眼。

"确实很糟糕。"

"离开这儿对她有好处。"

"她丈夫不反对吗？"

“威尔逊？他以为她去纽约看她妹妹。这人呆头呆脑的，连自己是不是活着都不知道。”

所以，汤姆·布坎南和他的情妇以及我一起去了纽约。准确地说，并不是一起，因为威尔逊太太小心翼翼地坐到了另一节车厢。出于对在火车上碰到东卵村居民的担忧，汤姆遵从了她的选择。

她换上了一件棕色花布连衣裙，到了纽约，汤姆扶她上月台时，她那宽大的臀部将裙子绷得紧紧的。她在报刊亭买了一本《纽约闲话》和一本电影杂志，在火车站内的药妆店买了些雪花膏和一小瓶香水。上了楼梯，在肃静、有回音的车道，她放走了四辆出租车，最终选中了一辆崭新的、浅紫色带灰色内饰的出租车。我们乘着这辆车驶出庞大的火车站，驶入灿烂的阳光里。刚开出去没多远，她猛地从车窗旁扭过头来，向前探身，轻敲挡风玻璃。

“我想从那些小狗当中挑一只，”她真挚地说，“我想在那间公寓里养一只那样的狗。养只狗挺不错。”

我们倒退到一个灰白头发的老头身旁，讽刺的是，他长得居然很像约翰·洛克菲勒[①]。他脖子上挂着一只篮子，里面蜷缩着十几只刚出生不久的小奶狗，看不出是什么品种。

“它们是什么品种？”老人刚走近车窗，威尔逊女士就迫不及待地问道。

“什么品种都有。您想要什么品种，太太？”

“我想要一只警犬，我觉得你应该没有吧？”

---

① 美国石油大王，也是美国第一位十亿富豪。

老头犹豫着向篮子里看了看，伸进手去抓着一只小奶狗的后颈，把它提了起来，小狗扭来扭去。

“这不是警犬。”汤姆说。

“对，它并不是只警犬，”老头话音里带着失望，“它更像是艾尔谷犬。”他抚摸着小狗后背上棕色的皮毛，“瞧瞧这背毛，很不错。这只狗绝不会感冒，不会给你添麻烦。”

“我觉得它很可爱，”威尔逊女士兴高采烈地说，“这只多少钱？”

“这只狗吗？”他赞赏地看着那只小奶狗，“这只狗收您十美元吧。”

然后那只艾尔谷犬——无疑它的某些部位体现着艾尔谷犬的血统，但是它的双脚却白得出奇——便被易主，蹲坐在了威尔逊女士的膝盖上，她开心地爱抚着它那身不怕雨水的皮毛。

“这是个男孩还是女孩？”她巧妙地问。

“这只狗吗？是个男孩。”

“是只母狗，”汤姆断然地说，“给你钱。拿着再去买上十只这样的狗。”

我们开车穿过第五大道，暖风轻柔，宛若置身田园。在这个夏日的周五下午，如果街角走过来一大片白白的羊群，我也不会感到惊奇。

“等一下，”我说，“我得在这里跟你们分手了。”

“不，不可以，”汤姆急忙插话，“如果你不跟我们一起去公寓做客，默特尔会伤心的。是不是，默特尔？”

“来吧，”她劝说道，“我会打电话让我妹妹凯瑟琳过来。有眼光的人都说她非常漂亮。”

“好吧，我很乐意去，但是……”

我们继续行驶，掉头穿过中央公园，朝西一百多街驶去。在一百五十八街一排白色蛋糕般的公寓楼中的一座前，出租车停了下来。威尔逊女士衣锦还乡似的环顾四周，收拾好她的狗和她购买的其他物件，趾高气扬地走进楼去。

“我要叫麦基夫妇上楼来，”我们坐电梯上楼时，她宣布，“当然，我还会打电话叫我妹妹一起。”

他们的公寓位于顶层：一间小客厅、一间小餐厅、一间小卧室，和一个洗手间。客厅里一套饰有花色织布的家具把客厅挤得满满当当，一直堆到门边。家具相对于客厅来说实在太大了，以至于在客厅中来回穿行，会不断撞上织布上的风景：一群妇人在凡尔赛花园荡着秋千。房间内唯一的装饰画是一张放大过度的照片，乍一看，是一只母鸡坐在一块模糊的岩石上。然而，如果离远一点端详，母鸡幻化成了一顶软帽，帽子下一个丰满的老太太的脸庞，正冲着房间微笑。桌子上摆着几本旧的《纽约闲话》、一本《皮特西蒙传》，以及几本百老汇八卦杂志。威尔逊太太最关心她的狗。一个满脸不情愿的电梯工搬来一个堆满稻草的箱子和一些牛奶，他自作主张在牛奶中放了一罐又大又硬的狗饼干，其中一块整个下午都泡在牛奶碟里，已经悄无声息地化成了稀泥。与此同时，汤姆从一个上了锁的柜子里拿出一瓶威士忌。

我一生只喝醉过两次，第二次就是在这天下午。所以，之后发生的每件事都罩上了一层昏暗、朦胧的滤镜，尽管直到晚上八点钟，房间里都充满了明亮的光线。威尔逊太太坐在汤姆怀里，打电话呼朋唤友。屋里没香烟了，我出门在街角的药店买了几包。

当我回来时，威尔逊太太和汤姆都不见了，所以我识趣地坐在客厅，读了一章《皮特西蒙传》。要么这本书写得太差，要么威士忌让我看东西颠三倒四，反正我觉得这本书没什么意思。

当汤姆和默特尔再次出现时（第一杯酒下肚，我和威尔逊太太开始互相直呼名字了），客人们正好陆续到来。

威尔逊太太的妹妹凯瑟琳大约三十岁，一个苗条、俗气的女人，留着一头坚硬、黏腻的红色短发，脸上扑满奶白色的粉。她将眉毛拔掉了，重新画了俏皮的眉形，然而自然的力量使得原本的眉毛又长了出来，令她的脸上显得乱糟糟的。当她走动时，手臂上数不清的陶瓷手链上下碰撞，发出持续不断的叮当声。她大摇大摆地走进来，就像主人回家一样，她环顾四周，仿佛这些家具都归她所有，导致我怀疑她是否曾在此居住。但是当我问她时，她放声大笑，大声重复了一遍我的问题，然后告诉我她和一个女性朋友一起住在酒店里。

麦基先生脸色苍白，略显女气，他就住在楼下的公寓里。他刚刚刮完胡子，颧骨上还沾着一点白色的剃须泡沫。他客客气气地跟屋里的每个人都打了招呼。他告诉我他是“玩艺术的”，后来我才得知，他是一名摄影师，威尔逊女士妈妈那张像幽灵一样在墙上出没的模糊的放大照就出自他手。他的太太声音尖锐、神情呆滞，相貌端正但却不讨人喜欢。她得意地告诉我，自从结婚以来，她丈夫已经为她拍了一百二十七张照片。

威尔逊太太不知何时盛装打扮了一番，换上了一身精致的、乳白色的雪纺小礼服，她在屋里走来走去时，裙子不断发出沙沙的摩擦声。裙子改变了她的气质，在车行时扑面而来的活力变成了令人印象颇深的傲慢。她的笑声、她的姿态和她的谈吐都变得越来越做作，随着她的膨胀，她周围的空间显得越来越小，直到最后，她仿佛坐在一个吱嘎作响的木轴上，在烟雾缭绕的空气中不停旋转。

“亲爱的，”她装腔作势地高声对她妹妹说，“这年头大部分人都是骗子，他们满脑子想的都是钱。上个星期，我让一个女人来给我看看脚，当她把账单给我时，不知道的还以为她给我切除了阑尾。”

“那女人叫什么名字？”麦基太太问。

“埃伯哈特太太。她走街串巷上门给人看脚。”

“我喜欢你的裙子，”麦基太太评论道，“我觉得很漂亮。”

威尔逊太太鄙夷地扬了扬眉毛，拒绝了她的恭维。

“这只是件破烂旧衣裳，”她说道，“只有当我不在乎自己的形象时，我才胡乱套上它。”

“但是你穿这衣服很好看，你明白我的意思吧，”麦基太太继续说道，“如果切斯特能把你这副姿态拍下来的话，应该是幅不错的作品。”

我们都沉默地看着威尔逊太太，她拨开眼前的一缕头发，对我们粲然一笑。麦基先生侧着头，专心致志地端详着她，手在面前慢慢地比来比去。

“我需要换个光线，”过了一会儿，他说，“我想拍出五官的立体感，还会试着把她脑后的头发也拍进来。”

“我觉得不需要调整光线，”麦基太太叫起来，“我觉得这……”

她丈夫“嘘”了一声，我们都再次望向模特，这时汤姆·布坎南大声打了个哈欠，站起身来。

“麦基，你们夫妇应该喝点儿什么，”他说，“默特尔，趁大家还没睡着，去拿点冰块和矿泉水。”

“我早就跟侍应生说过拿冰块来了，”默特尔挑挑眉毛，对慢手慢脚的下人表示无奈，“这些家伙！你必须一直盯着他们才行。”

她看着我，莫名其妙地笑了起来。然后她跳起来跑到小狗跟前，欢喜地亲了它一下，接着昂首阔步地走进厨房，似乎那里有十几名厨师在等着听她调遣。

“我在长岛拍过一些不错的照片。”麦基先生自信地说。

汤姆一脸茫然地看着他。

“我们把其中两幅装裱起来了，就挂在楼下。”

“两幅什么？”

“两幅专题作品。其中一幅我命名为《蒙托克角——海鸥》，另一幅叫《蒙托克角——大海》。”

妹妹凯瑟琳挨着我在沙发上坐下来。

“你也住在长岛吗？”她问道。

“我住在西卵村。”

“真的？我一个月前在那儿参加过一个派对。在一个叫盖茨比的人家里。你认识他吗？”

“我住在他隔壁。”

“好吧，他们说他是德国皇帝威廉一世的侄子或者表弟什么的，他的钱都是从那儿来的。”

“真的吗？”

她点点头。

“我有点害怕他，不想跟他有什么瓜葛。”

关于我邻居的这些趣闻突然被麦基太太指向凯瑟琳的动作打断。

“切斯特，我觉得你可以给她拍几张不错的照片。”她冷不丁地说，然而麦基先生只是不厌其烦地点点头，继续扭头跟汤姆攀谈。

“如果我能得到机会，我想在长岛拍更多的作品出来。我只需要有人可以给我一个开个头的机会。”

“你问默特尔，”汤姆说，正好威尔逊太太端着一个托盘进来了，他哈哈一乐，“她会给你写一封介绍信，对吗，默特尔？”

“做什么？”默特尔吃惊地问。

“你会帮麦基写一封介绍信给你丈夫，这样他就可以给你丈夫拍点专题作品了。”他嘴巴无声地动了动，心里正在胡编乱造着，“《油泵旁的乔治·威尔逊》，或者类似的名字。”

凯瑟琳凑到我身边，在我耳边轻声说：“他们都受不了他们的结婚对象。”

“是吗？”

“对，受不了，”她看看默特尔，又看看汤姆，“我想说的是，既然他们都受不了自己的结婚对象，为什么还要继续和他们生活在一起呢？如果我是他们，我会马上离婚，然后和对方结婚。”

“难道她也不喜欢威尔逊吗？”

答案出乎意料。默特尔听到了我的问题，她的回答粗鲁又低俗。

“你看，”凯瑟琳扬扬得意地大喊。然后她再次压低嗓门，“是他的妻子让他们无法结合到一起。她是个天主教徒，天主教徒不允许离婚。”

黛茜并不是天主教徒。这个精心编造的谎言令我有点震惊。

“如果他们真的结婚了，”凯瑟琳接着说，“他们准备去西部住上一段时间，避避风头。”

“搬去欧洲更保险。”

“噢，你喜欢欧洲吗？”她惊讶地高声问，“我刚从蒙特卡洛回来。”

“真的吗？”

“就在去年。我和另一个女孩儿一起去的。”

“待了很久吗？”

“没多久，我们只去了蒙特卡洛，然后就回来了。我们是从马赛去的。去的时候我们带了超过一千二百美元，但是两天之内钱就在赌场的包房里被骗光了。跟你说吧，我们回来的时候别提多惨了。天，我讨厌那座城市！”

临近傍晚，有一刻，蔚蓝的天空仿佛要浸入窗来，宛如地中海湛蓝而甘美的海水。这时，麦基太太尖锐刺耳的声音又将我拉回到房间。

“我也险些犯错，”她气势汹汹地宣称，“我差点儿嫁给一个犹太小伙儿，他追了我好多年。我知道他配不上我。所有的人都一遍遍地跟我说，‘露西尔，那个男人比你差远了！’但是如果我没有遇到切斯特的话，他肯定就得到我了。”

“没错，但是听着，”默特尔·威尔逊上下点头，说道，“至少你没有嫁给他。”

"我知道我没有。"

"唉，但我嫁给他了，"默特尔模棱两可地说，"这就是你的情况和我的不同之处。"

"你为什么要嫁给他呢，默特尔？"凯瑟琳追问，"又没有人强迫你。"

默特尔陷入思索。

"我嫁给他是因为我以为他是个绅士。"她终于开口说道，"我以为他很有修养，但其实他连舔我的鞋都不配。"

"你有段时间对他很着迷。"凯瑟琳说。

"对他着迷！"默特尔难以置信地叫出声，"谁说我对他着迷？我对他的着迷程度还不如对那边那个男人多。"

她突然指着我，所有人都用眼神拷问我。我试图用表情表示我跟她过去毫无牵扯。

"我唯一对他着迷的时候就是嫁给他那天。但我立刻意识到我犯了一个错误。他结婚时借了别人最好的西装，而且从来没跟我说过，直到有天他不在家时，衣服的主人来找我要。"她环顾四周，看都有谁在听，"'哦，那是你的西装吗？'我说，'我之前没听说过这事儿。'但我还是把西装给他了，然后我躺在床上，整个下午都在号啕大哭。"

"她真的应该离开他，"凯瑟琳接着对我说，"他们在那间车行的楼上共度了十一个年头，汤姆是她这么多年的第一个情人。"

客人们都纷纷索要威士忌，这已经是第二瓶了。只有凯瑟琳是个例外，她"觉得什么都不喝也很好"。汤姆按门铃叫来门卫，让他去买一些附近知名的三明治，完全抵得上一顿晚餐。我想出门往东走走，在柔和的暮光中漫步公园，但每次我想起身时，都会被卷入激烈刺耳的争论，仿佛有根绳子把我缠住拖回到椅子上似的。我们亮起的一排洋溢黄色灯光的窗户，高高立在城市夜空，一定会吸引夜晚街道上漫步的行人驻足观望，窥探人世的秘密。我也是其中一员，抬头仰望着，好奇地猜测着。我既置身其中，又超脱其外，为形形色色的人生所迷醉、所厌恶。

默特尔拉着椅子凑近我，突然她温暖的呼吸向我袭来，她开始倾诉她和汤姆初次见面的故事。

"我们俩坐在火车面对面的座位上，这个座位总是剩下没人坐。我来纽约看我的妹妹，准备在她那儿过夜。他穿着燕尾服和漆皮皮鞋，我情不自禁地盯着他看，但每次他看我时，我就假装在看他头上的广告。当我们下车进站时，他就站在我身边，白衬衫的前襟紧紧贴着我的手臂，我告诉他我要报警了，不过他知道我在撒谎。我神魂颠倒地和他一起钻进出租车，还以为自己坐的是地铁。我脑海里反反复复地盘旋着一句话：'人生苦短，人生苦短。'"

她扭头看着麦基太太，房间里回荡着她做作的笑声。

"亲爱的，"她高声说，"这件衣服我穿完就送给你。明天我再去买件新的。我得把我需要的东西列一个清单。按摩，烫发，给小狗买个项圈，买个这种可爱的弹簧烟灰缸，再给妈妈的墓地买一个系黑丝结的花圈，能放整个夏天的那种。我得列个清单，这样我就不会忘记我要做什么事情了。"

已经九点钟了——但我旋即看了看我的手表，发现其实已经十点钟了。麦基先生在椅子上睡着了，拳头紧握放在膝盖上，仿佛是一张实干家的照片。我掏出手帕，擦掉了他颧骨上让我别扭了一下午的干肥皂沫。

小狗坐在桌上，透过烟雾茫然地张望，不时发出微弱的呻吟。屋里的人们一会儿消失，一会儿重现，商量着出门，转眼却又找不到彼此了，最终发现原来对方近在眼前。临近午夜，汤姆·布坎南和威尔逊太太面对面站着，激烈地争论着威尔逊太太是否有权利提黛茜的名字。

“黛茜！黛茜！黛茜！”威尔逊太太大喊，“我想说就说！黛茜！黛……”

汤姆·布坎南灵活迅猛地一巴掌打破了她的鼻子。

于是，卫生间地板上到处都是沾着血渍的毛巾，妇女们的责骂声不绝于耳，一片混乱之上，是一长串断断续续的痛苦哀号。麦基先生从瞌睡中惊醒，迷迷糊糊地朝门口走去。走到半路，他又转过身，呆呆地看着眼前的景象：他的妻子和凯瑟琳一边责备汤姆，一边安慰默特尔，手里拿着急救药品在拥挤的家具间左右腾挪。那个绝望的人儿躺在沙发上，鼻血喷涌，正试图在凡尔赛花园的织锦上摊开一本《纽约闲话》。然后麦基先生转过身继续向门口走去。我从架上取下帽子跟了上去。

“改天来一起吃午餐吧。”我们乘着吱嘎作响的电梯下楼时，他提议说。

“在哪儿？”

“哪儿都行。”

“手别碰开关。”电梯工突然呵斥。

“抱歉，请原谅我，”麦基先生依然礼貌地说，“我没意识到我碰到它了。”

“没问题，”我表示赞成，“我乐意奉陪。”

……我站在他的床旁边，他在床单之间坐起身来，穿着内衣内裤，手捧一本厚厚的相片。

“《美女与野兽》……《孤独》……《杂货店老马》……《布鲁克林桥》……”

然后我半睡半醒地躺在冰冷的宾夕法尼亚火车站下层候车室，看着早晨刚出的《论坛报》，等待着凌晨四点钟的火车。

第三章

每个夏夜，隔壁的别墅里都传来音乐声。在他幽蓝的花园里，男男女女像飞蛾一样，在呢喃、香槟和星光中翩跹而至。下午涨潮时，我看到他的客人要么从木筏的高台上跳水，要么在他私人海滩的热沙上晒太阳浴，而他的两艘摩托艇正在长岛海湾劈风斩浪，拖着潜水板在泡沫涌动的海浪中穿行。每到周末，他的劳斯莱斯就变成了公共汽车，从早上九点直到半夜，源源不断地接送客人往来纽约；他的旅行车也不停奔跑着去火车站接送客人，活像一只灵敏的大黄虫。每逢周一，八个仆人——包括额外的一名园丁——手拿抹布、硬毛刷、锤子和园艺剪刀辛勤地工作一整天，来修复前一晚的残局。

每到周五，纽约的一位水果商都会运来五大箱橙子和柠檬；到了周一，这些橙子和柠檬又从他家后门运走，只不过都已经变成了干瘪的两半，堆成金字塔状。在厨房有一台机器，只要厨师用拇指快速按两百下按钮，就能够在半小时内将两百个橙子榨成汁。

至少每两个星期，一大群承办酒席的工作人员就会带着几百英尺的帆布和足够多的彩灯来，把盖茨比巨大的花园装点得像棵圣诞树。自助餐桌上，精致的开胃菜琳琅满目，五香火腿周围满满当当地摆着五花八门的沙拉、烤得油酥金黄的乳猪和火鸡。大厅里，一个用真正的黄铜杆搭起来的酒吧，摆满了杜松子酒、烈酒和被人们遗忘很久的甘露酒，大部分女宾客太年轻了，以至于无法分辨出其中的品种。

管弦乐团在七点钟到达，并非五人小乐队，而是拥有双簧管、长号、萨克斯风、六弦提琴、短号、短笛以及高低鼓等全套乐器的大乐团。最后几个游泳的客人也从沙滩上回来，上楼去梳妆打扮了。纽约来的车五辆一排停在车道上，门厅、客厅和游廊上已经遍布五彩斑斓的华服、标新立异的发型，以及卡斯蒂利亚[①]人做梦都不能及的纱巾。酒吧里已是如火如荼，一轮又一轮的鸡尾酒一直传送到花园里。直到空气中洋溢着人们的欢声笑语，随意的戏谑，转瞬即忘的寒暄，素不相识的女人们开始热烈地谈天说地。

随着地球蹒跚着离太阳越来越远，灯光愈发明亮，乐队开始演奏温馨的鸡尾酒音乐，公园里众声喧哗交汇出的歌剧又将音调拔高了一度。笑声分分秒秒都变得越来越容易，哪怕一个有趣的词，也会引来慷慨的放声大笑。宾客们不断变换组合，新加入的客人使之膨胀，同一时间拆散又重组。在这些相对固定的组合间，出现了一群漫游者，这些自信苗条的女孩儿四处穿梭，成为某个

① 西班牙一个生产纱巾的地区。

组合的焦点，掀起一个欢快的高潮，然后带着胜利的兴奋，于持续变幻的灯光下，在如潮汐般不断变换的面庞和声音中继续游走。

突然这些像吉卜赛人的姑娘中，一位珠光宝气的女孩儿接过一杯鸡尾酒，一饮而尽，为自己壮胆，然后像弗里斯科[①] 一样挥动双手，在帆布舞台上独自舞动。空气突然安静，紧接着乐队指挥为她切换了音乐节奏，人群中爆发一阵议论，谣言四处传播，声称这姑娘是吉尔达·格雷[②]在齐格菲歌舞团[③]中的替身。派对开始了。

我相信在我第一次去盖茨比家的那天晚上，我是少数几个真正受邀的客人之一。大部分人并未受到邀请，他们直接就去了。他们坐上载他们去长岛的汽车，然后不知怎么就停在了盖茨比的别墅门口。一旦到了那儿，他们只要由认识盖茨比的人引见，就可以把这儿当游乐场了。有时他们直到离开都没看见盖茨比，只是怀着单纯想来参加派对的心，这本身就是入场券。

我是真正受到了邀请。一个身着蛋青色西装的司机在周六早晨穿过我院子里的草坪，带来他老板的一封正式得惊人的邀请函，上面说："如果你能参加我当晚的'小派对'，我将深感荣幸。我们打过几次照面，早就想登门拜访，但是种种原因未能如愿。"落款是盖茨比的签名，字迹庄重。

七点刚过，我穿上白色法兰绒的衣服，去盖茨比的草坪赴宴，在陌生人群的旋涡中局促不安地四处游走，尽管不时会看到几张

---

① 弗里斯科：即乔·弗里斯科，美国舞蹈演员。

② 吉尔达·格雷：美国女演员、舞者，曾推广了"西迷舞"，使之风靡于20世纪20年代的电影和戏剧中。

③ 百老汇最大的歌舞团。

在通勤列车上见过的面孔。我马上惊奇地注意到，客人中散布着不少年轻的英国人，他们都衣着光鲜，看起来野心勃勃，用低沉真诚的嗓音跟殷实兴旺的美国人攀谈。我肯定他们是在兜售债券、保险或是汽车之类的东西。至少他们察觉到，附近有不少财富唾手可得，并且坚信，只要说话投机，这些钱就会落入他们口袋中。

我一到就开始尝试寻找派对主人。但是我向两三个人打听盖茨比在哪儿，对方都惊讶地瞪着我，竭尽全力地表示并不知情，于是我只好溜向鸡尾酒桌——这是整个花园中，唯一一个单身男子逗留不会显得孤单无助的地方。

我正在狂饮，打算依靠酩酊大醉来摆脱尴尬，乔丹·贝克从屋里走了出来，站在大理石台阶的最高层，微微向后靠着，用蔑视的神情俯视花园。

不论她是否欢迎，我都意识到，为了避免跟素不相识的过路人热情寒暄，我有必要先给自己找个伴儿。

“你好啊！”我一边高喊着一边朝她走去，声音穿过花园上空，响亮得不自然。

“我想你可能在这儿，”我走过来时，她心不在焉地说，“我记得你住在隔壁——”

她冷漠地拉起我的手，似乎承诺她马上会照应我一样，然后便把耳朵凑过去听两个身着相同黄色裙子的女孩儿说话，她们刚在台阶下停住脚步。

“你好！”她俩齐声喊道，“真遗憾你没赢。”

她们在说高尔夫锦标赛。她上周输掉了决赛。

“你不认识我们，”其中一个女孩儿说，“但是我们一个月前在这儿见过你。”

“那次之后你们染了头发。”乔丹说。我吃了一惊，然而那两个女孩儿已经漫不经心地走开，乔丹这番评论也只能说给那轮新月听了。毫无疑问，她说这话就像从宴席筹办者的篮子中掏出菜来一般随意。乔丹纤细、小麦色的手臂挽着我，我们一起走下台阶，在花园里漫步。暮光中，一托盘鸡尾酒飘然而至，我们找了一张桌子坐下，同桌的还有那两个黄裙子女孩儿，以及三个自我介绍含糊不清的男人。

“你经常来参加这些派对吗？”乔丹问身边的女孩儿。

“上一次就是我遇见你那次，”女孩儿机警又自信地回答。她转向她的同伴，“你也是吧，露西尔？”

露西尔也是如此。

“我喜欢来，”露西尔说，“我不在意我都做了什么，所以总是玩得很开心。我上次来时，礼服被椅子扯坏了，他问了我的名字和地址，一星期不到，我就收到了克罗里公司寄来的一个包裹，里面是一件全新的晚礼服。”

“你收下了吗？”乔丹问。

“当然了。本来我今晚打算穿着它来，但是胸围太大了，我得改一下。那是条淡蓝色的裙子，装饰着淡紫色的珠子。二百六十五美元。”

“真有意思，居然有人会做这种事，”另一个女孩儿急切地说，“他不想招惹任何人。”

“谁不想？”我问道。

“盖茨比。有人告诉我……”

两个女孩儿和乔丹秘密地凑到一起。

“有人跟我说他之前杀过一个人。”

一阵惊悚袭来。那三位不知姓甚名谁的男人都围拢过来，焦急地听着。

“我觉得不太像，”露西尔怀疑道，“他更像是战时的德国间谍。”

一位先生点头赞同。

“一个从小跟他一起在德国长大、对他知根知底的人也这么跟我说。”他向我们打包票。

“哦，不对，”第一个女孩儿说，“不可能，因为他在战争中加入了美国军队。”我们转而再次听信她的说法，她探了探身，兴致勃勃地继续说，“趁他不注意的时候，你们可以偷偷看他的样子。我打赌他一定杀过人。”

她眯起眼睛，不寒而栗。露西尔也跟着发起抖来。我们四下张望，搜寻着盖茨比的身影。这情景恰恰证实了他带给人们的浪漫遐想，即使是那些见多识广的人，谈起盖茨比，也不免窃窃私语。

第一场晚宴开始了（午夜之后还有第二场），乔丹邀请我和她的朋友们一起坐在花园另一边的桌子旁。那里有三对夫妇，以及乔丹的跟班，是个说话冷嘲热讽的顽固的大学生，很明显他觉得乔丹迟早会委身于他。这桌客人没有东拉西扯，而是一致表现出庄重气派，自认为代表了郊区的沉静与高贵：东卵贵族屈尊光临西卵村，小心翼翼，百般提防，生怕沉沦在西卵村纸醉金迷的欢愉中。

“咱们四处走走吧，”度过了百无聊赖的半小时，乔丹悄悄对我说，“这儿对我来说太正经了。”

我们站起身，她推托说我们要去找找主人。“我还没见过他。”她说，这让我坐立难安。大学生半信半疑，沮丧地点了点头。

我们先去酒吧看了看，里面人山人海，但是盖茨比不在。她站在台阶最高层张望，看不到他，在阳台中也未能觅得他的身影。我们不经意间推开了一扇看起来很庄严的门，走进了一个高大的哥特式图书馆，墙上镶嵌着英国的雕花橡木，估计是从某处海外古迹中整个运过来的。

一个臃肿的中年人，戴着猫头鹰式的大眼镜，正醉醺醺地坐在一张大桌子角上，神情恍惚地盯着满架的书。我们一进门，他兴奋地转过身，从头到脚细细地打量了一番乔丹。

“你觉得怎么样？”他莽撞地问。

“什么怎么样？”

他朝书架摆摆手。

“就是这个。实际上你不必再费心去确认了。我已经确认过了，都是真的。”

“那些书？”

他点点头。

“绝对真实——有书页，什么都有。我之前还以为它们只是些好看结实的硬纸板。没想到都是货真价实的真东西。书页，以及……这儿！我给你展示一下。”

他理所当然地认为我们一定疑心重重，于是他冲向书架，拿回来《斯达德演说集》第一卷。

“看！”他得意地喊道，“千真万确的印刷品。它骗过了我。

这家伙简直是个贝拉斯科[1]。这真是部杰作！多么完美！多么逼真！还知道适可而止：书页都没有裁开。但是你还想要什么？你还指望什么？”

他从我手里夺走书，急急忙忙地放回书架，咕哝说如果一块砖头被移走，整座图书馆都会倒塌。

“谁带你来的？”他质问，“还是你们不请自来的？别人带我来的。大部分人都有人介绍。”

乔丹戒备又饶有兴味地看了看他，没有回答。

“一个姓罗斯福的女士带我来的，”他继续说，“克劳德·罗斯福太太。你认识她吗？昨天晚上我跟她见过面。差不多一周以来我一直在喝酒，我觉得坐在图书馆里也许能帮我醒酒。”

“有用吗？”

“一点点，我觉得。我还没法告诉你。我才在这儿坐了一个小时。我跟你讲过这些书吗？它们真的是书，它们……”

“你跟我们讲过了。”

我们严肃地握了握手，然后走出门去。

花园中的帆布舞台上有人在跳舞。老男人们粗鲁地推着年轻姑娘，没完没了地转圈。形象出众的男女们紧紧相拥在一起，在角落里跳着流行舞步。一大群单身女孩儿们要么独自起舞，要么帮管弦乐团弹弹班卓琴、敲敲打击乐器。直至午夜，狂欢的气氛更加高涨。一位知名的男高音高歌着意大利歌曲，一个臭名昭著的女低音演唱着爵士，在花园里的人群中，各处都有人表演自己

---

① 美国剧作家。

的“绝技”，爆发出来的阵阵欢乐而空洞的笑声直飞向夏夜星空。一对舞台姐妹花——后来我发现就是那对身着黄色裙装的女孩儿——身着制服在台上表演着儿童剧。香槟酒盛在比洗手盅还大的酒杯里供人畅饮。月亮升入高空，月光洒在海面上，落成了三角形的碎碎的银鳞，和着班卓琴清脆的声音，颤动着向草坪游来。

我仍然和乔丹·贝克在一起。同桌的有一个年龄跟我相仿的男人，以及一个叽叽喳喳的年轻女孩儿，哪怕一句微不足道的挑逗也能让她开怀大笑。我怡然自得，喝了两口“洗手盅”香槟后，眼前的景象变得意味深长、基本自然而又高深奥妙。

在娱乐表演的间歇，同桌的男人微笑看着我。

“你看上去很面熟，”他礼貌地说，“一战的时候你是不是在第三军区？”

“是的，怎么了。我在第九机关枪营。”

“我在第七步兵团一直待到一九一八年六月。我就知道我之前在哪儿见过你。”

我们聊了一会儿法国那些潮湿阴冷的小村庄。很显然，他就住在这附近，因为他告诉我他刚买了一架水上滑艇，准备早晨去试试。

“要不要跟我一起走，老兄[1]？就沿着海湾在岸边试试。”

“什么时候？”

“看你方便。”

我正要问他的名字，乔丹扭头笑着看我。

---

① 原文为 old sport，英式英语中常用的对朋友的称呼。盖茨比常用这个词以显示自己在牛津待过。

“现在玩儿得愉快了吧？”她问道。

“好多了，”我继续扭头跟我新认识的“老朋友”聊天，“对我来说，这是个很特别的派对。我都还没见过主人。我就住在那儿……”我朝远处看不见的篱笆挥了挥手，“这位叫盖茨比的先生让他的司机送来一封邀请函。”

他看了我片刻，好像不太理解似的。

“我就是盖茨比。”他突然说。

“什么！”我惊叫，“噢，非常抱歉。”

“我以为你知道，老兄。恐怕我不是一个好主人。”

他理解地笑了——笑容中远不止理解。这种罕见的笑容令人无比安心，你一生可能只见过四五次。最初一瞬间，它朝着——或者似乎朝着整个世界微笑，然后它就聚焦在你身上，眼神里都是无法抗拒的偏爱。它理解你，恰如你想被理解成的样子；它信任你，恰如你愿意信任你自己的程度；它令你放心，你留给他的印象，恰好是你竭尽全力想要传达给别人的形象。就在这一瞬间，笑容消失了。在我眼前是一个年轻优雅的硬汉，三十一二岁，他谈吐文雅正式，再多一分则失之滑稽。当他介绍他自己之前，我就有一种强烈的感觉，他正字斟句酌，精心挑选措辞。

盖茨比刚表明身份，一个男管家就急匆匆地朝他跑来，说芝加哥方面来电。他向我们逐一微微鞠躬，表示歉意，起身离开。

“如果你需要什么只管说，老兄，”他敦促我，“非常抱歉，我一会儿再来加入你们。”

他走后，我马上去找乔丹，急切地想与她分享我的奇遇。我原以为盖茨比是一个油光满面、大腹便便的中年男人。

“你知道他是谁吗？”我急切地问。

“他是一个叫盖茨比的男人。”

“我的意思是他从哪儿来？他是做什么的？”

“现在你也开始探究这个问题了，”她苍白地一笑，答道，“好吧，他有一次告诉我他读过牛津大学。”

一个模糊的身世正在成形，但是她接下来的这句话又使之消散殆尽。

“但是，我并不相信他的话。”

“为什么？”

“我不知道，”她坚持道，“我只是不相信他读过牛津。”

她的语气令我想起另一个女孩所说的“我觉得他杀过人”，这更加激起了我的好奇心。我原本可以毫不怀疑地接受，盖茨比是从路易斯安那州的沼泽地中跋涉出来，或者一路从纽约下东区嬉皮士聚居地打拼出来的言论，但是他是个年轻人，年轻人不能——至少在我有限的经验里，我相信他们不能——从不毛之地里华丽转身，在长岛海湾买下一座宫殿。

“不管怎么说，他办的是大型派对，”乔丹转移了话题，带着城里人对细节的不屑，“我喜欢大型派对，比较私密，在小派对上毫无隐私可言。”

低音鼓的鼓点响了起来，乐队指挥的声音突然在嘈杂的花园上空响起。

“女士们，先生们，”他大喊道，“应盖茨比先生的要求，我们将为你演奏弗拉迪米尔·托斯托夫最新的作品，这部作品五月份在卡耐基音乐厅演奏时广受关注。如果你读报纸，你会注意到当时引起了巨大轰动。”他快活地一笑，谦虚道，“引起了一些轰动！”大家哄笑起来。

“这首曲子的名字叫，”他朗声总结，“弗拉迪米尔·托斯托夫的《爵士音乐世界史》。”

我并没有投入地去欣赏托斯托夫的作品，因为乐队刚开始演奏，我的目光就落到了盖茨比身上，他独自一人站在大理石台阶上，用赞许的目光逐一看着眼前一群又一群的客人。他脸上褐色的皮肤紧致迷人，短发好像每天都精心修剪。从他身上，我看不到任何罪恶的迹象。我在想，众人皆醉而他独自清醒，这是否令他超然于客人，因为狂欢越是纵情迷醉，他越是庄重得体。当《爵士音乐世界史》结束时，有的女孩儿喜气洋洋地将头乖巧地靠在男人的肩膀上，有的女孩儿则嬉闹着向后仰倒进男人的怀里，甚至倒向人群，因为知道肯定有人会接住她们。但是没有人倒向盖茨比，他的肩膀上也没有法式波波头倚靠，更没有四人合唱团邀请他加入。

“抱歉打扰。”

盖茨比的男管家突然站到我们身旁。

“贝克小姐吗？”他问道，“抱歉打扰，盖茨比先生想单独跟您谈一会儿。”

“跟我？”贝克吃惊地反问。

“是的，女士。”

她慢吞吞地起身，扬起眉毛惊讶地看着我，然后跟着男管家走进屋里。我注意到她穿着晚礼服，她穿任何裙子都跟穿运动服一样。她步履轻盈，就像她在那个清新的早晨，刚刚学会在高尔夫球场上走路那样。

我又变成独自一人。现在已经将近凌晨两点了。有段时间，阁楼上一个有很多窗户的狭长房间里传来含混又令人好奇的声音。乔丹的大学生正在跟两个合唱团女生交流产科话题，他邀我加入，但我拒绝了，走进屋去。

硕大的房间里挤满了人。两个黄衣女孩儿中的一个正在弹钢琴，在她身旁站着一个高挑的红发女郎给她伴唱。这是一个著名合唱团的成员，她估计喝了不少香槟，在演唱期间，她突然不合时宜地为世间万物感伤，在歌唱时流下泪来。每到歌曲的停顿，她就开始抽噎，断断续续地啜泣，然后用颤抖的女高音接着唱歌词。眼泪顺着她的脸颊流下来，然而流得并不顺畅，因为一碰到她厚重的睫毛膏，泪水便会染上墨色，成为一条蜿蜒曲折的黑色的小溪，然后缓缓地流完未尽的里程。有人调侃说她应该照着脸上的音符唱，听到这话她扬起双手，瘫倒进椅子里，醉醺醺地沉沉睡去。

“她跟一个声称是她丈夫的男人打了一架。”我身旁的女孩解释道。

我四处张望。剩下的大部分女人都在跟号称是她们丈夫的男人吵架。哪怕是乔丹·贝克朋友中的那几对夫妇，也各自卷入纠纷。其中一个男人正兴致勃勃地跟一个年轻的女演员聊天，他的妻子先是故作高姿态，摆出一副漠不关心的样子一笑而过，但终于怒不可遏，采取侧面进攻，每到他们谈话间隙，她就突然出现在她丈夫身边，像条愤怒的蛇，在他耳旁发出嘶嘶的声音：“你答应过的！”

不光是那些浪荡公子哥儿不想回家。大厅里现在站着两个可怜的清醒的男人，以及他们怒火中烧的妻子。两位太太稍微提高了嗓门，互相表示对对方的同情。

“每次他看见我玩得正开心，他就想回家。”

“这辈子从来没听说过这么自私的。”

“我们总是第一个离开的。”

“我们也是。”

“好吧，我们今晚差不多是最后一个了，”其中一个男人怯怯地说，“乐队半小时前就走了。”

尽管妻子们一致认为这恶毒的话简直难以置信，但最终争吵以短暂的打斗结束了。两个拳打脚踢的妻子都被丈夫抱了起来，消失在茫茫夜色中。

我在大厅里等着取帽子，图书馆的门突然打开了，乔丹·贝克和盖茨比一起走了出来。他正对她说着最后几句话，但是他的举止突然从急切变为端庄，因为有几个人走过去跟他道别。

乔丹的那帮朋友们不耐烦地喊她回来，可她仍然逗留了片刻，跟我握手话别。

“我刚刚听说了最不可思议的事，”她低声说，“我们在里面待了多久？”

“怎么了？差不多一个小时。”

“就是……就是不可思议，”她心不在焉地重复着，“但是我发誓不会告诉任何人的，现在却在逗你。”她当着我的面优雅地打了个哈欠，“来看我……电话簿……在西戈尼·霍华德夫人名下……我的姨妈……”她一边说话一边匆匆离开，在门口冲我欢快地挥了挥小麦色的手，融入她的朋友们当中。

初次露面就待到这么晚，我感到很不好意思，走进围拢在盖茨比身边的最后的几个客人中，想向他解释，今晚早些时候我一直在寻找他，还想为我没能在花园里认出他而道歉。

“没关系，”他急切地阻止我，“别想太多，老兄。”又是这个熟悉的称呼，他拍拍我的肩，让我安心，这个动作也同样令我感到亲切，“别忘了明天早晨九点钟我们要去试试滑艇。”

话音刚落，男管家出现在他的身后，“费城方面想跟您通话，先生。”

“好的，马上。告诉他们我马上过去……晚安。”

“晚安。”

“晚安。”他微笑着，突然间我感到最后一个走，似乎是件令人愉悦又意义非凡的事，仿佛他一直期盼着这样似的。“晚安，老兄，晚安。”

但是当我走下台阶，我才发现今夜还没有结束。离大门五十五英尺处，十几盏前灯照亮了一个奇异混乱的场景。一辆崭新的小汽车两分钟前刚刚驶出盖茨比门前的车道，便右侧向上栽进路边的沟里，一个车轮被墙的一块突起撞得飞了出去。这场景引起五六个好奇的司机驻足围观。但是，因为他们把车停在路上，被堵在后面的司机不断按喇叭，尖锐刺耳的鸣笛声此起彼伏，让原本已经够混乱的场面变得更加不堪。

一个身穿长风衣的男人从车的残骸里下来，站在路中央，看看车子，又看看轮胎，接着望向围观的人，和颜悦色，又面露困惑。

“看！”他解释道，“它掉进沟里了。”

这个事实似乎令他无比震惊。我先是注意到他不寻常的惊讶，紧接着认出了这个男人——就是我们在盖茨比图书馆里见到的那个醉汉。

“怎么会这样？”

他耸了耸肩。

“我对机械一无所知。”他坚决地说。

“但是怎么会这样呢？你开车撞上墙了吗？”

“别问我，”猫头鹰眼镜说，把自己的责任推卸得一干二净，“我不怎么会开车，几乎就是完全不会。出车祸了，我只知道这些。”

“好吧，如果你不太会开车，你就不应该尝试在晚上开车。”

“我压根儿没在尝试，”他愤愤不平地解释，“我压根儿没在尝试。”

围观者一片肃静。

“难道你想自杀吗？”

“算你走运，幸好只是一个轮子！一个糟糕的司机，还连试都不试！”

“你不明白，”“肇事者”解释道，“我没有开车。车里还有一个人。”

他的声明令围观者震惊，随着小汽车的车门缓缓打开，他们发出惊讶的“啊——”的长叫。围观人群——现在已经聚集起一群人了——不自觉地后退。车门大开，顷刻间一片死寂。接着，慢慢地，一点点地，一个苍白、摇晃的人影走出残骸，一只大舞鞋试探地踏在地上。

这幽灵被前灯的白光晃得眼前一黑，此起彼伏的鸣笛声令他困惑不已，他摇摇晃晃地站了一会儿，才看见那个穿着风衣的男人。

“怎么了？”他平静地问，“车没油了吗？”

“看！”

五六根手指指向被撞掉的车轮。他盯着看了一阵，然后抬头望去，仿佛怀疑这车轮是从天而降似的。

“车轮掉下来了。”有人解释道。

他点点头。

“刚开始我没注意到车停下来了。”

一个停顿。接着，他深吸一口气，挺了挺胸脯，用坚定的口吻说：“有没有人能告诉我哪里有加油站？”

至少有十几个人，其中有几个比他清醒一点，向他解释车轮和车已经分离了。

“倒车！”过了一会儿，他提议，“掉头！”

“但是车轮掉了！”

他犹豫了一下。

“试试总没坏处。”他说。

怨声载道的鸣笛声达到了高潮。我转身穿过草坪，朝我的房子走去。我回头看了一眼。一轮圆月照在盖茨比的别墅上，夜色美好，一如往昔。依然光彩流转的花园里，笑声、喧闹声声犹在耳。一阵空虚仿佛从窗户里和华美的大门里奔涌着袭来，正站在门廊里正式地挥手道别的主人，身影显得更为茕茕孑立。

重读我写的这些文字，我发现似乎给人这样一种错觉，好像这三个相隔数周的夜晚在我这里占了很大分量。事实恰恰相反，它们只不过是一个拥挤夏天中发生的寻常事件，并且在相当长的一段时间里，它们所占用我的精力，远不及我自己的私事多。

大部分时间我都在工作。清晨，太阳照得我身影西斜，我急匆匆地穿过纽约下城摩天大楼间的白色峡谷，去正诚信托上班。我跟其他职员和年轻的债券交易员打成一片，中午和他们一起在昏暗拥挤的餐厅里午餐，吃着小猪肉香肠和土豆泥，喝着咖啡。我甚至和一个住在泽西市、在会计部门工作的女孩儿有过一段短暂的恋情，但是她的哥哥开始用鄙夷的眼神看我，所以当她七月份去度假时，我选择悄无声息地结束了这段恋情。

我经常在耶鲁俱乐部吃晚餐，不知为什么，这是我一天当中最沮丧的时刻。接着我就去楼上的图书馆，聚精会神地学习一小时投资和证券。周围总是会有几个吵闹的人，但是他们从来不进图书馆，所以这是一个工作的好地方。然后，如果夜色温柔，我就沿着麦迪逊大道向下散步，穿过古老的默里希尔酒店，跨过三十三街，走到宾夕法尼亚火车站。

我开始喜欢纽约了，喜欢夜晚那种生机勃勃、充满冒险的情调，喜欢川流不息的男男女女和车水马龙带给人双眼应接不暇的满足。我喜欢走在第五大道上，从人群中挑选那些眉目含情的女性，想象着几分钟后我就会走进她们的生活，没有人会知道，因此也没有人会拒绝。有时候，在我的想象中，我尾随着她们，走进她们位于隐秘街角的公寓。她们转过身，冲我微笑，然后逐渐淡化，进入门中，消失在温暖的黑暗里。在繁华都市的暮光中，我有时感到一种难以遣怀的孤独，在别人身上，我也感受到同样的情绪——那些可怜的年轻职员，在橱窗前踟蹰，直等到独自一人去餐厅吃顿晚餐。在黄昏中，他们虚度着夜晚，也是人生最辛酸的时光。

又到了晚上八点钟。四十几街的昏暗街道上，五辆一排的出租车发动了引擎，准备开往剧院区①。这时我感到心情莫名低落。在出租车暂停的时候，车里的乘客们依偎在一起，车里传来交谈声，有被听不见的笑话逗乐的笑声，以及被香烟的光亮勾勒出的影影绰绰的烟圈。幻想着我自己也奔去寻欢作乐，分享着他们亲密无间的兴奋，我由衷地祝福他们。

有段时间，我失去了乔丹的消息。夏天过半，我再次和她相逢。起初，我为能和她共同出席活动而倍感荣幸，因为她是家喻户晓的高尔夫冠军。但后来又掺杂了别的因素。我并没有坠入爱河，但是我对她怀有某种说不清道不明的好奇。她对外界摆出的那副厌烦而傲慢的面孔背后，还隐藏着什么——大部分惺惺作态最终都会有所隐藏，即使最初并非如此。有一天我发现了答案。当时我们一起去沃威克参加一个家庭聚会，她把借来的车敞着篷停在雨里，事后还撒了谎。我突然想起来我之前在黛茜家里记不起来的那条关于乔丹的传闻。在她参加的第一场大型高尔夫锦标赛中，闹出一场几乎见报的纠纷。有人说她在半决赛中把球从一个不利位置移走了。这件事险些发酵成丑闻，最终平息了。一名球童撤回了他的证词，唯一的另外一名目击者承认他可能看错了。这起事件和她的名字一起印在了我的脑海中。

---

① 剧院区指曼哈顿西部三十四街到五十九街的范围，包括时代广场、百老汇，是曼哈顿的流行地区。

乔丹·贝克本能地回避着精明狡猾的男人，如今我发现，这是因为她觉得言听计从的伙伴对她更为安全。她撒谎成性，已经无药可救。她无法接受自己处于下风，正因为她的争强好胜，我推测她应该从小就熟谙诡辩伎俩，以维持她对外界摆出的那副冷漠倨傲的笑容，同时又满足她强健活跃的身体。

这对我倒是没什么影响。你很难去深究女人的不诚实。我只不过稍感遗憾，过后就忘记了。正是在同一个家庭聚会上，我们针对开车有过一段有趣的对话。起因是她开车与几个工人擦身而过，挡泥板蹭到了一个工人上衣的纽扣。

“你是个糟糕的司机，”我抗议道，“你要么小心一点，要么干脆别开。”

“我很小心了。”

“不，你没有。”

“好吧，其他人都很小心。”她轻声说。

“这跟你有什么关系？”

“他们都会给我让路，”她狡辩道，“车祸的发生得双方都不小心才行。”

“要是你碰到一个跟你一样粗心的家伙呢？”

“我希望我永远都不会碰到，”她回答，“我讨厌粗心的人，所以我喜欢你。”

她被阳光照得眯起那双灰色的眼睛，虽然她直视前方，但是她故意改变了我们之间的关系。有一瞬间，我以为我爱上了她。但是我脑筋迟钝，满脑子的清规戒律像刹车一样遏制住了我的欲望。我知道首先我应该从家乡那段混乱的关系中脱身。我每周写一封情书寄回去，署名“爱你的，尼克”，而我能想起来的只是每次那个女孩儿一打网球，上唇都会渗出一层薄薄的、胡须一般的汗珠。无论如何，现在我必须得巧妙地化解掉我们之间没有挑明的默契，才能获得自由。

每个人都觉得自己至少具备一项基本美德，而我认为，我是自己认识的极少数诚实的人之一。

第四章

周日清晨，当教堂的钟声响彻岸边村庄时，尘世间的男男女女又来到盖茨比的别墅，在他的草坪上寻欢作乐。

“他是一个走私犯，”在鸡尾酒与鲜花之间穿梭的妙龄女郎们谈论，“曾经有个人发现了他是冯·兴登堡[1]的侄子，是恶魔的第二个表兄弟，然后盖茨比就把他杀了。给我一支玫瑰，亲爱的，再往我的水晶杯里倒最后一滴酒。”

有一次，我在一张时刻表的空白处写下了那年夏天造访盖茨比豪宅的客人姓名。如今日程表早已陈旧，折叠处都要裂开了，表头上印着：“此日程于一九二二年七月五日生效”。但是我仍然能读出上面褪色的名字。相比于我笼统的描述，它们能让你更清晰地了解那些客人，那些接受了盖茨比盛情款待、并报以微妙的回

---

① 冯·兴登堡：保罗·冯·兴登堡（1847—1934），一战时期德军总参谋长，魏玛德国时期德国总统，1933年任命希特勒为总理，使之上台掌权。

礼——自始至终对他一无所知——的客人。

从东卵村来的有切斯特·贝克夫妇和利奇夫妇，以及一个叫本森的男人，我在耶鲁念书的时候就认识他。此外还有韦伯斯特·西维安医生，去年夏天他在缅因州不幸溺亡。除此之外，还有霍恩比姆夫妇和威利·伏尔泰夫妇，总是蜷在角落的布莱克巴克家族，每当有人经过，他们就像山羊一样高高扬起鼻子。另外还有伊斯梅夫妇和克里斯蒂夫妇（或者说休伯特·奥尔巴克和克里斯蒂先生的妻子），以及埃德加·比佛，据说某个冬日下午，比佛先生莫名其妙地一夜白头。

我记得克莱伦斯·恩迪也来自东卵村。他只来过一次，穿着一条白色的灯笼裤，在花园里和一个叫艾迪的小流氓打了一架。钱德勒夫妇和O.R.P·施罗德夫妇都从岛上更远的地方来，以及佐治亚州的斯通瓦尔·杰克逊·阿伯拉姆夫妇、菲士加德夫妇和瑞普利·斯奈尔夫妇。斯奈尔入狱前三天还来过，那晚他醉倒在碎石路上不省人事，以至于尤利西斯·斯威特太太开车从他的右手上辗了过去。丹西夫妇也来了，以及年近七十的S.B·怀特贝特、莫里斯·A·弗兰克、汉姆海德夫妇、烟草进口商贝鲁加和他的女儿们。

从西卵村来的有波尔夫妇、马尔雷迪夫妇、塞西尔·罗巴克、塞西尔·舍恩、州议员古雷克和掌控卓越影业的牛顿·奥奎德，以及艾克豪斯特、克莱德·科恩、小唐·S·施华茨和亚瑟·麦凯蒂，这些人都或多或少和电影行业有关。此外还有卡特里普夫妇、班姆博格夫妇以及G·厄尔·马尔登，他的兄弟后来勒死了自己的妻子。投资人达·方塔诺也前来赴宴，德·艾德·勒格罗、詹姆斯·B·费勒（绰号“劣酒”）、德·琼夫妇和欧内斯特·利利都过来参加赌博，当费勒进花园闲逛时，就说明他已经净身出局了，第二天联合运输公司的股票又会剧烈波动，好让他赚一笔。

一个叫克里普斯普林格的男人经常造访，每次都待很长时间，以至于人们称他为“寄宿生”，我怀疑他是不是没有其他住处。戏剧行业的客人包括格斯·卫兹、霍勒斯·奥多诺万、莱斯特·梅尔、乔治·达克韦德和弗朗西斯·布尔。从纽约来的还有克罗姆夫妇、贝克海森夫妇、丹尼克夫妇、罗素·贝蒂、科里甘夫妇、凯莱赫夫妇、迪尤尔夫妇、斯库利夫妇、S.W·贝尔彻、斯默克夫妇以及年轻的奎恩夫妇（现在已经离婚了），还有亨利·L·帕尔梅托，后来他在时代广场跳下地铁自杀了。

本尼·麦克莱纳每次都带着四个女孩儿一起来。每次来的其实都是不同的姑娘，但因为她们彼此十分相像，以至于人们总觉得她们之前来过似的。我早就忘了她们的名字：杰奎琳，我猜，或者康斯薇拉，或者格洛丽亚、朱迪、琼之类的。她们要么是跟花朵或者月份有关的动听姓氏，要么就是美国大资本家那令人肃然起敬的姓氏。如果一再追问，她们会承认自己正是这些资本家的远亲。

除了我能记住的这些客人，福斯蒂娜·奥布莱恩也至少出席了一次宴会，贝达克家的女孩儿们、在战争中被射掉鼻子的年轻的布鲁尔、奥布拉克斯博格先生和他的未婚妻哈格小姐、阿尔迪塔·菲茨皮特夫妇、曾任美国退伍军人协会会长的P·朱厄特先生、克劳迪娅·希普小姐和据称是她司机的一位男伴，以及某国的一位亲王，我们叫他“公爵”，还有一些人的名字，如果我曾经知道的话，现在也已经被我忘记了。

这些人都在那年夏天光顾了盖茨比的豪宅。

七月末的一天，早晨九点钟，盖茨比光彩照人的豪车穿过崎岖不平的路，蹒跚着来到我的门前，三音符的喇叭传来一阵美妙的旋律。那是他第一次来看我，尽管我已经参加了两次他的宴会，乘坐过了他的水上飞机，并且在他的盛情邀请下，多次去他的海滩上玩儿。

“早上好，老兄。今天你要和我共进午餐，我觉得我们应该一起乘车过去。”

他正在车的挡泥板上保持着平衡，表现出美国人特有的灵活敏捷：我觉得这应该跟年轻时没干过重活有关，更有可能是因为我们紧张剧烈的运动练就的自然的优雅。这种特性总是持续打破他一本正经的举止。他一刻都不安分，不是一只脚到处乱敲，就是一只手不耐烦地张张合合。

他看到我正钦羡地望着他的车。

“它很漂亮，不是吗？老兄。”他跳下来，让我看个清楚，“你之前见过这辆车么？”

我见过它。每个人都见过。浓郁的奶油色喷漆，闪亮的镍饰，车身长得惊人，有好几处凸起，那是设计巧妙的帽盒、晚餐盒、工具箱。挡风玻璃层层叠叠，可以折射出十几个太阳。坐在重峦叠嶂的玻璃后面那绿色皮革围起来的温室里，我们向纽约驶去。

在过去的一个月，我和他大概聊过五六次，最终我失望地发现他话很少。于是，渐渐地，我对他的印象不再是某个来路不明的大人物，而只是隔壁精美餐厅的业主而已。

接着就是那次让我心绪不宁的同行。我们还没到西卵村，盖茨比突然中途打住他优雅的谈吐，犹豫地拍着他焦糖色西装的膝盖处。

“我说，老兄，”他突然开口，“你觉得我怎么样？”

我有些始料未及，只好闪烁其词，宽泛地说了说，这问题本来就难以回答。

“好吧，我要跟你讲讲我的身世，”他打断道，“我不希望你因为那些道听途说的故事，对我产生误解。”

原来他意识到了人们在大厅里津津乐道的流言蜚语。

“上帝作证，我来告诉你真相。”他突然举起右手，做出随时接受上帝惩罚的样子，“我是中西部一个富裕家庭的儿子，如今家人都过世了。我在美国长大，但是在牛津接受教育，因为很多年以来，我的祖上都是在那儿接受的教育。这是家族传统。”

他斜着眼看着我，我明白了为什么乔丹·贝克坚信他在撒谎。他说“在牛津接受教育”时加快了语速，含糊带过，吞吞吐吐，仿佛这句话之前困扰过他。有了这个疑点，他的整套说辞都变得支离破碎，这令我怀疑他身上终究还是有些不清白的地方。

“中西部的什么地方？”我随意地问。

“旧金山。”

“知道了。”

“我的家族成员都去世了，所以我继承了一大笔钱。”

他的声音变得肃然，似乎一个家族的突然逝世的记忆是他无法摆脱的梦魇。有一瞬间，我以为他在跟我开玩笑，但是我看了他一眼，发现不是这样。

“从那以后，我就像一个年轻的酋长一样，到欧洲各国的首都居住：巴黎、维也纳、罗马。我收集珠宝，特别是红宝石，狩猎大个儿的动物，偶尔画画，都是为了自己消遣，尝试着忘掉很久以前发生的伤心事。”

我努力克制住我怀疑的笑。这段陈词滥调一点都不生动，在我脑海中浮现的，只是一个戴着头巾的“人物”，在布洛理森林[1]里追赶一只老虎，身体里塞的木屑不断往下漏。

“紧接着，战争来了，老兄。这对我来说，是一个解脱的好机会。我努力让自己牺牲，但是我似乎注定要过一个不平凡的人生。战争甫一打响，我被任命为中尉。在阿贡森林，我率领两支机关枪先遣队远征，我们突进得如此之远，以至于队伍两翼半英里的范围内都没有掩护，因为步兵跟不上来。我们在那里待了两天两夜，一百三十个战士，十六把刘易斯式机关枪。当步兵最终赶到，他们在堆积如山的尸体上发现了三个德国军师的徽章。我被提拔为少校，每一个协约国都授予我一枚勋章，甚至包括黑山，在亚得里亚海边那小小的黑山王国！”

小小的黑山王国！他高声说出这个词，并微笑点头。笑容中包含着他对黑山曲折历史的理解，以及对黑山人民英勇抗争的同情。笑容也说明他充分了解了黑山当时所处的一系列的环境，正是这一处境使得黑山从它温暖的微小心脏中涌出对他的敬意。此刻，盖茨比的魅力淹没了我刚才的质疑，这经历就像是快速浏览

① 法国巴黎郊外的一个公园。

了十几本杂志一样曲折离奇。

他把手伸进口袋，掏出一枚挂着绶带的金属勋章，放在我的手掌上。

“这就是黑山奖励我的勋章。”

令我震惊的是，这东西看起来货真价实。

“丹尼罗勋章”，勋章上刻着一圈铭文，“黑山王国，尼古拉斯·莱克斯”。

“翻过来。”

“杰伊·盖茨比上校，”我读道，“英勇无双。”

“这是我随身携带的另一件东西。牛津岁月的纪念品。我在三一学院照的，在我左边的那个人现在是唐卡斯特伯爵。”

这是一张六个年轻人的合影，他们身穿夹克，在一个拱门里悠闲地站着。透过拱门，可以看见几个塔尖。盖茨比也在其中，看起来比现在年轻一点，不过没有年轻很多，手里拿着一只板球拍。

看来所有的事情都是千真万确的。我看到虎皮正挂在他威尼斯大运河旁的豪宅里，绚烂夺目；仿佛看到他打开一箱红宝石，用它们那深红的光芒，来治愈自己破碎心灵的创伤。

“今天我想请你帮我一个大忙，”他一边说着，一边心满意足地把他的纪念品放回口袋，“所以我觉得你应该对我有些了解。我不希望你觉得我只是无名小卒。你看，我经常身处陌生人群中，因为我四处漂泊，希望忘记那些悲伤的往事。”他顿了顿，“你今天下午会听说这件事。”

“午餐的时候吗？”

“不，今天下午。我偶然发现你将邀请贝克小姐一起喝茶。”

“你的意思是你爱上了贝克小姐？”

“不，老兄，我没有。但是贝克小姐友善地同意了跟你说这件事。”

我完全猜不出“这件事”到底是什么，但是与其说好奇，我更觉得厌烦。我邀请贝克小姐喝茶，并不是为了讨论杰伊·盖茨比先生。我相信那个请求一定会不切实际，有那么一瞬间，我后悔我曾经涉足他那人满为患的草坪。

他没有再多说。随着我们逼近城市，他越来越正襟危坐。我们驶过罗斯福港口，刷着一圈红漆的远洋油轮一闪而过。汽车飞驰过贫民窟的鹅卵石小路，与之并肩的是仍在营业的昏暗的酒馆，二十世纪业已落幕的镀金年代的产物。接着灰烬谷出现在我们面前，路过车行的加油泵时，我瞥见威尔逊太太正气喘吁吁地在加油泵旁边干着活，依旧活力四射。

挡泥板展开变成双翼，我们风驰电掣，为半个阿斯托利亚送去光芒。只是半个，因为当我们在高架铁路的柱子间迂回穿行时，我听到熟悉的摩托车“喳——喳——啪”的声音，一个气急败坏的警察乘着摩托车追了上来。

“好吧，老兄。”盖茨比叫道。我们减速停下。盖茨比从钱夹里掏出一张白色卡片，在警察的面前晃了晃。

“没问题了，”警察同意放行，敲了敲自己的帽子，“下次就认得您了，盖茨比先生。抱歉！”

“那是什么？”我问道，“牛津的照片吗？”

“我曾经帮过警察局长一个忙，之后他每年都给我寄圣诞贺卡。”

在大桥上，阳光穿过钢梁，在川流不息的车辆上不断跳跃。

河对岸的城市逐渐展露峥嵘，那些如雪堆、似糖块的建筑，修建之初都抱着不沾铜臭的美好期望。每次在皇后大桥上远眺纽约，都恍若初见，这座城市当初包揽全世界的神秘与瑰丽的狂言依稀可辨。

一辆铺满鲜花的灵车载着一具尸体经过，后面跟着两辆拉着百叶窗的马车，再后面跟着几辆朋友们乘坐的车，气氛稍微轻松一点。亲友们用悲伤的眼神看着我们，他们的短上唇显示出东南欧的特征。我很欣慰盖茨比的豪车给他们阴郁的日子增添了色彩。当我们经过布莱克威尔岛时，一辆豪华汽车超过了我们，司机是个白人，车里坐着三个打扮入时的黑人，两男一女。他们朝我们翻了翻白眼，一副要比试一番的傲慢神情，令我放声大笑。

“我们从这架桥上驶过，什么事都可能发生。”我心想，“什么事都有可能。”

包括盖茨比，毫不意外。

一个炽烈的中午。我来到位于四十二街的一间电扇不停转动的餐厅，和盖茨比共进午餐。我眯起眼睛，避开窗外强烈的日光，用模糊的视线在休息室中找到了盖茨比，他正在跟另一个人说话。

“卡拉威先生，这是我的朋友沃尔夫斯海姆。”

一个鼻子扁平的矮个子犹太人抬起他的大脑袋，扬起他鼻毛旺盛的鼻孔向我致意。过了一会儿，我才在半明半暗中发现他的小眼睛。

“……所以我看了他一眼，”沃尔夫斯海姆先生一边说，一边跟我热切地握手，“你猜我做了什么？”

“什么？”我礼貌地问。

但是显然，他并不是在跟我说话，因为他放开我的手，将他富有表现力的鼻子对准盖茨比。

“我把钱交给凯茨帕尔，对他嗦[1]：‘好的，凯茨帕尔，不要给他一分钱，直到他闭上嘴。’从此他就闭嘴了。”

盖茨比挽起我俩的胳膊，走进餐厅。沃尔夫斯海姆话说到一半，咽了回去，慢慢地进入梦游一样的迷茫状态。

“苏打威士忌？”服务生领班问。

“这是这一带不错的餐馆，”沃尔夫斯海姆先生边说边抬头看天花板上装饰的长老会女神，“但是我更喜欢街对面那家！”

“是的，苏打威士忌，”盖茨比应道，然后对沃尔夫斯海姆先生说，“对面那家太热了。”

“又热又小，没错，”沃尔夫斯海姆先生说，“但是充满了回忆。”

“那是什么地方？”我问。

“老大都会酒店。”

“老大都会酒店，”沃尔夫斯海姆先生陷入了忧伤的回忆，“满是逝去的面孔，满是永别的朋友。我永远忘不了他们枪杀罗西·罗森塔尔的那个晚上。那晚我们六个人坐在一桌，一整晚罗西都在大吃大喝。天快亮时，服务生带着滑稽的表情朝他走来，说外面有人想跟他说话。‘好吧。’罗西答应着，站起身来，我又把他拉回椅子上。

“‘那帮混蛋要是想见你，就让他们进来，罗西，就算帮我个

---

① 原文中将“说”said 写为 sid，以讽刺犹太人的口音。

忙，不要离开这个房间。'

“那是凌晨四点，如果我们拉起百叶窗，就能看到天亮了。”

“他去了吗？”我天真地问。

“他当然去了，”沃尔夫斯海姆先生愤愤不平地将鼻子对着我，“他在门口转过身来说：‘别让服务生把我的咖啡收走了！’接着他走到人行道上，他们朝他饱食的肚子开了三枪，然后驾车逃窜了。”

“其中四个人被判了坐电椅。”我回忆道。

“五个，包括贝克。”他的鼻孔饶有兴趣地对着我，“我明白你在寻找做生意的人陌①。”

这两句话接连说出，令人震惊。盖茨比替我作了答。

“噢，不，”他叫道，“不是他。”

“不是吗？”沃尔夫斯海姆看起来有点失望。

“这只是我的一个朋友。我告诉过你，我们改天再讨论那件事。”

“非常抱歉，”沃尔夫斯海姆先生说，“我认错人了。”

一盘美味的肉丁土豆泥端了上来，沃尔夫斯海姆先生将老大都会酒店伤感的回忆抛之脑后，开始狼吞虎咽起来。与此同时，他慢慢地转动眼珠，环视餐厅，最后，他的目光开始仔细盘查身后的人，视线完成一个完美的圆圈。我心想，要不是我在场，他估计会朝我们桌子底下也瞄上一眼。

“听我说，老兄，”盖茨比朝我靠过来，“我担心今天上午在车里，我惹你生气了。”

他的脸上再次浮现熟悉的笑容，但是这一次我没有被打动。

---

① 原文中将“人脉”connection 写作 gonnegtion，同样是讽刺犹太人的口音。

“我不喜欢神神秘秘的，”我回答，“我不明白，为什么你不坦诚布公地直接告诉我你到底想要什么，而非要通过贝克小姐转达？”

“哦，没有什么要保密的事，”他向我保证，“贝克小姐是个优秀的运动员，你知道，她从来不做不正当的事。”

他突然看看他的手表，跳了起来，急匆匆地离开餐厅，留下我和沃尔夫斯海姆坐在餐桌旁。

“他得去打电话，”沃尔夫斯海姆先生说，目送盖茨比离开，“是个好小伙儿，不是吗？仪表堂堂，完美的绅士。”

“是的。”

“他是牛京[①]人。”

“噢。”

“他去了英国的牛京大学。你知道牛京大学吧？”

“我听说过。”

“那是全世界最著名的大学之一。”

“你认识盖茨比很长时间了吗？”我问。

“有几年了，”他得意扬扬地说，“战争刚结束，我就有幸结识了他。但是直到跟他谈了一个小时后，我才发现他是一个很有教养的人。我对自己说：‘他是那种你乐意带回家介绍给你妈妈和姐妹的人。’”他顿了一下，“我发现你在看我的袖扣。”

本来我并没有看他的袖扣，但我现在朝它望去。那袖扣用一种古怪的象牙色材料制作而成，看起来似曾相识。

“是用人最好的臼齿打造的。”他告诉我。

---

① 原文中将“牛津”oxford写作oggsford，同样是讽刺犹太人的口音。

“天哪！”我细细地端详，“这个创意很有趣。”

“是的，”他把袖子卷到外套底下，“没错，盖茨比对女人非常谨慎。他从来不会多看朋友的妻子一眼。”

这个本能地令人信任的对象回到桌旁坐下，沃尔夫斯海姆先生匆匆忙忙地喝完咖啡，站起身来。

“午餐吃得很愉快，”他说，“在我令两位年轻人厌烦之前，我得赶紧离开。”

“别着急，迈耶。”盖茨比冷淡地说。沃尔夫斯海姆先生举起手，做了个祝福的手势。

“感谢你的盛情，但是我属于另一代人，”他严肃地宣告，“你们坐着，聊聊你们的运动、你们的年轻姑娘、你们的……”他挥动另一只手，代替着一个想象中的名词，“至于我，我已经五十多岁了，不会再勉强跟你们在一起。”

他跟我们握了握手，转身离去。他感伤的鼻子发起抖来。我心想是不是我说错了什么话冒犯了他。

“他有时非常多愁善感，”盖茨比解释道，“今天正好是他的伤感期。他在纽约也算是个人物，一个百老汇的老主顾。”

“他是什么人？是个演员吗？”

“不是。”

“牙医？”

“梅耶·沃尔夫斯海姆？不，他是一个投机者。”盖茨比停顿了片刻，轻描淡写地接着说，“他就是在一九一九年操纵世界棒球联赛的那个人。”

“操纵世界棒球联赛？”我重复道。

我怔住了。我当然记得，一九一九年世界棒球联赛受到了操纵，但是我每每回忆起这件事，我都把它当作由一系列连锁事件导致的必然结果。我万万想不到，一个人竟然能愚弄五千万人，就像一个劫匪仅凭一己之力轻松撬开了保险箱。

“他怎么想起来做这个的呢？”

“他只是看到了机会。”

“为什么他没去坐牢？”

“他们逮不到他，老兄。他是个聪明人。”

我坚持买了单。当服务生给我找零时，我穿过拥挤的房间，瞥见了汤姆·布坎南的身影。

“跟我过去一下，”我说，“我要跟一个人打声招呼。”

汤姆一看见我俩就蹦了起来，三步并作两步，朝我们走来。

“你到哪儿去了？”他急急追问，“你都不打电话来，黛茜为这事很恼火。”

“布坎南先生，这是盖茨比先生。”

他们短暂地握了握手，盖茨比的脸上浮现出一种罕见的紧张的窘态。

“你最近过得怎么样？”汤姆追问我，“你怎么来这么远的地方吃饭？”

“我过来跟盖茨比先生一起午餐。”

我向盖茨比转过头，他已经不见了。

一九一七年十月的一天——

（我跟盖茨比吃过午餐的那天下午，乔丹·贝克挺直腰板，端坐在广场饭店茶室里笔直靠背的椅子上，向我娓娓道来。）

——我正从一个地方赶到另一个地方，一半身体走在人行道上，一半走在草坪上。我更喜欢走在草坪上，因为我穿着一双从英国买来的鞋，鞋底上有橡胶突点，能够咬住松软的土地。我穿着一条新的花格裙子，每当风吹过，裙角就会微微扬起，而路边那些房子前红色、白色和蓝色的旗帜都在风中僵硬地伸展，发出不情愿的“哒哒”声。

最大的旗帜和最大的草坪属于黛茜·费伊家。她那时才十八岁，比我大两岁，是当时路易斯维尔年轻女孩儿当中最受欢迎的一个。她穿一身白裙子，并且有一辆白色的小跑车，她家的电话一天到晚响个不停，全都是泰勒营那些急不可耐的年轻军官，妄图独占她一晚，“无论如何，给我一个小时！”

那天早晨，当我来到她家路对面时，她的白色跑车就停在马路边，她正和一个我从没见过的中尉坐在车里。他们彼此全情投入，以至于我离黛茜只有五英尺远的时候，她才看见我。

“你好，乔丹，”她意外地喊道，“快过来。”

她居然想跟我说话，我备感荣幸，因为年长的女孩儿当中我最喜欢她。她问我是不是要去红十字会做绷带。我是要去。好吧，她接着问，我可不可以告诉他们，她那天去不了？黛茜说话时，那个军官一直看着她，每个年轻女孩儿都幻想过别人用那样的眼神看着自己。这一幕对我来说太浪漫了，所以那个场景一直印在我的脑海里。他叫杰伊·盖茨比，之后四年多的时间里，我都没有再见过他。即使后来我在长岛碰见他，我都没有意识到是同一个人。

那是一九一七年。第二年，我自己也有了几个追求者，并且开始打锦标赛，所以我不常看到黛茜了。她总是跟比她大一点的人交往——如果她还跟别人交往的话。她流言缠身：有人说一个冬日夜晚，她妈妈发现她正收拾行李，准备去纽约跟一个即将出国的军人道别。最终她被阻拦下来，但是之后好几周，她都不跟家人说话。从那以后，她不再跟军人们一起玩儿了，只跟镇上几个平足、近视的年轻人交往，他们压根就没有资格入伍。

到了第二年秋天，她又欢快如常了。停战后，她闪亮登场，重返社交圈。据说二月份，她跟一个新奥尔良人订婚了。六月，她嫁给了芝加哥的汤姆·布坎南，婚礼之盛大豪华，是路易斯维尔前所未闻的。他包了四节车厢，载着上百人浩浩荡荡南下，包下了赛尔巴赫酒店的一整层楼，婚礼的前一天，他送给她一串价值三十五万美元的珍珠项链。

我是伴娘。婚礼晚宴开始前半小时，我走进黛茜的房间，发现她正穿着缀满花朵的裙子躺在床上，像六月的夜晚一样迷人，并且像只猴子一样酩酊大醉。她一只手拿着一瓶苏玳白葡萄酒，另一只手拿着一封信。

"祝贺我吧，"她喃喃自语，"我从没喝过酒，但是现在，哦，我真喜欢这酒。"

"发生了什么事，黛茜？"

说真的，我当时吓坏了。我从没见过一个女孩子那样。

"给你，亲爱的。"她在床上身边的废纸篓里四处摸索，拽出了那串珠链，"把它拿到楼下去，还给它的主人。告诉他们所有人，黛茜改变了心意。说：'黛茜改变了心意！'"

她开始哭泣，不停地哭泣。我冲出去，找到了她妈妈的女仆，我们锁上门，让她去洗了个冷水澡。她死死攥着那封信，把它带进浴缸，捏成湿淋淋的一个小球。当她看到信像雪花一样碎成一片片的，她才肯让我把它放在肥皂碟里。

但她不肯再多说一句话。我们给她熏了阿摩尼亚精油，往她额头上放了冰块，帮她穿好裙子。半个小时以后，当我们走出房间时，那串珠链又绕在了她的脖子上，这场风波就算结束了。第二天五点钟，她若无其事地嫁给了汤姆·布坎南，接着就开始了为期三个月的南太平洋之旅。

当他们回来后，我在圣巴巴拉和她见了面，我想我从未见过一个女孩儿对她丈夫如此痴迷。只要他离开房间一分钟，她都会不安地东张西望，念叨着："汤姆去哪儿了？"只要汤姆不进门，她的脸上就会一直是六神无主的表情。她曾经坐在沙滩上，让汤姆把头埋在她怀里，就这样坐了整整一个小时。她用手轻抚汤姆的眉眼，用一种无限欣喜的目光注视着他。他俩成双入对的场景总是令人感动，让你为之着迷，会心微笑。那是在八月。我离开圣巴巴拉一周后，一天晚上，汤姆在凡图拉公路上跟一辆货车相撞，他车子的一只前轮被撞掉了。同车的女孩儿也上了报，因为她撞断了胳膊。那女孩儿是圣巴巴拉酒店打扫房间的侍者。

第二年四月，黛茜生了个女孩儿。他们搬去法国住了一年。有一年春天，我在戛纳和他们见了一面，不久又在多维尔遇到他们，然后他们搬回芝加哥定居。如你所知，黛茜在芝加哥很受欢迎。他们结交了一群酒肉朋友，全都年轻富有而又放荡不羁，但是她的名声却无懈可击。这或许是因为她不喝酒。在一群酒鬼当中，滴酒不沾是一个巨大的优势。你可以惜字如金，还能趁别人喝得醉眼昏花、自顾不暇时，把握时机小小地放纵自己。也许黛茜根本不想卷进桃色新闻——然而她的声音里总有点引人遐想的地方……

后来，差不多六个星期以前，她这么多年来重又听到了盖茨比的名字。就是我问你的那次，你还记得吗？我问你是否认识西卵村的盖茨比。当你回家之后，她走进我的房间，问我："哪个盖茨比？"当时我半梦半醒，跟她描述了一下，她用一种奇怪的语气说，一定是她以前认识的那个人。直到最近，我才把这个盖茨比跟坐在她白色跑车里的军官联系起来。

当乔丹·贝克讲完整件事的来龙去脉，我们已经离开广场饭店有半个小时了，正坐着一辆敞篷马车穿过中央公园。太阳沉入了电影明星们位于西五十几街的高高的公寓后，小女孩儿们已经像蟋蟀一样聚集在草坪上，闷热的暮光中传来她们清脆的声音：

我是阿拉伯的酋长。
你已将我放在心上。
夜晚当你进入梦乡，
我会爬进你的营帐……

"这是个诡异的巧合。"我说。

"但是这根本不是巧合。"

"为什么不是？"

"盖茨比之所以买下那座别墅，是因为黛茜恰好就住在海峡对面。"

原来那个六月的夜晚，盖茨比向往的不仅仅是天上的群星。他的形象突然变得生动，仿佛从他那子宫般的毫无意义的华丽的寝宫中分娩了出来。

"他想知道，"乔丹继续道，"你愿不愿意哪天下午邀请黛茜来你家做客，然后让他也来坐坐。"

这个要求的谨小慎微令我震惊。他足足等了五年，买下一座豪宅，向偶然路过的飞蛾发送星光，只为了某个下午来一个陌生人的花园里"坐坐"。

"他只是提这么一个小要求，我有必要知道这一切吗？"

"他害怕，他等了太久。他担心你可能会介意。要知道，他内心里还是很坚决的。"

我有点担心。

"为什么他不让你来安排一次见面呢？"

"他想让她看看他的别墅，"她解释道，"而你就住在他家隔壁。"

"噢！"

"我想他原本期盼她能在某个夜晚，偶然走进他的派对，"乔丹继续说，"但是她从来没有。然后他开始在不经意间打听是否有人认识黛茜，我是他找到的第一个人。就是那晚他在舞会上邀请我单独聊天，你应该也听听他是怎么费尽周章才说到正题上来的。我当然马上建议在纽约安排一起吃个午餐，他听到这话立马疯了一样：'我不想节外生枝！'他不停地说，'我就想在隔壁见到她。'

"当我说你是汤姆特别好的朋友时，他马上打消了整个念头。

他不太了解汤姆，尽管他说他常年读一份芝加哥的报纸，只是希望有机会能看见黛茜的名字。”

天已经黑了。当我们行驶到一座小桥下时，我伸出手臂搂住乔丹小麦色的肩膀，把她拉进我怀里，邀请她一起晚餐。突然之间，我不再想着黛茜和盖茨比了，而只想着眼前这个清爽、健美而又见识短浅的人，这个对什么事都疑神疑鬼的人，这个现在正快活地靠在我怀里的人。一句话开始在我的耳畔响起，令我目眩神迷：“世上只有被追求的人和追求的人，忙碌的人和疲倦的人。”

“黛茜应当给她的人生添点儿色彩。”乔丹在我耳边轻声说。

“她想见盖茨比吗？”

“先不要让她知道这件事。盖茨比不想让她知道。你只要邀请她来喝茶就好了。”

我们穿过了一排黑漆漆的树林，五十九街的一座建筑，亮起一束柔和而苍白的光，照在公园里。不同于盖茨比和汤姆·布坎南，我不会有情人的面容悠然浮现在昏暗的屋檐旁，或者璀璨的招牌上。所以我拉近身旁的姑娘，把她紧紧搂入怀中。她嘴角露出一丝疲倦而又轻蔑的微笑，于是我把她拉得更近了，一直贴到了我的脸上。

第五章

那天夜里，当我回到西卵村时，我一度以为我的房子着火了。已经是凌晨两点钟了，半岛的一角仍然亮如白昼，诡异的亮光照在灌木丛上，在路旁的电线上落下细长的微光。转过弯，我才看到原来是盖茨比的豪宅，从塔尖到地窖都灯火通明。

起初我以为他又办了一场派对，狂欢到最后变成了“捉迷藏”或是“沙丁鱼罐头”之类的游戏，整座房子都变成游戏场地。但别墅内鸦雀无声。只有风穿过树林，吹动电线，灯光忽明忽暗，仿佛整座房子对着黑夜眨眼。当我的出租车吱嘎作响地离开时，我看到盖茨比穿过他的草坪，朝我走来。

“你家看起来像是在举办世界博览会。”我说。

“是吗？”他心不在焉地扭头看了看，“我刚才看了看其中几个房间。我们去康尼岛吧，老兄，坐我的车去。”

“今天太晚了。”

"好吧，要不我们去游泳池游泳？我整个夏天都没用它。"

"我得睡觉了。"

"好吧。"

他等待着，欲言又止，焦急地看着我。

"我跟贝克小姐谈过了，"过了一会儿，我说，"我明天会给黛茜打电话，邀请她过来喝茶。"

"哦，好的，"他漫不经心地说，"我不想给你添任何麻烦。"

"你哪一天方便？"

"你哪一天方便？"他马上纠正我，"我不想给你添任何麻烦，你知道。"

"那后天怎么样？"

他想了一下，不情愿地说："我想让人修剪一下草坪。"

我们都望向草坪：草坪中间有一道明显的分界线，一边是我高低不平的草坪，另一边则是他绿草如茵的草坪。我怀疑他说的是我的草坪。

"另外还有一件小事。"他吞吞吐吐，欲说还休。

"你想再推迟几天吗？"我问。

"哦，不是这件事。至少……"他难以启齿的样子，"哎，我觉得……呃，我说，老兄，你挣的钱不多，对吧？"

"不是很多。"

这似乎令他放下心来，他信心大涨，继续说："我觉得你赚得不多，如果你能原谅我的……我是说，我业余时间做点小生意，算是副业，你明白。但是我觉得如果你赚得不多……你在卖债券，对吗，老兄？"

“在试着卖。”

“好吧，那你可能会对这个感兴趣。它不会占用你太多时间，你还能获得一笔可观的收入。不过这生意需要保密。”

我如今意识到，在不同的环境下，这个对话可能会成为我人生的转机。但是，因为他的邀请太过直白、毫不委婉，一看就是为了答谢我帮他忙，我别无选择，只能拒绝他。

“我手头工作很多，”我说，“我很感激，但是我没法再接手更多的工作了。”

“你不用跟沃尔夫斯海姆打任何交道。”显然，他以为我是羞于结交那天午餐所说的“人陌”，但是我明确告诉他，不是他想的那样。他又等了一会儿，期盼着我能开口聊几句，但是我心思完全不在这上面，没有再接话，他只好不情愿地回家了。

这一夜令我非常开心，并且有点飘飘然。我感觉我一走进房门，就倒头昏睡了。所以我不知道盖茨比是否去了康尼岛，也不知道他在灯火辉煌的别墅里，又花了多少个小时“看了看房间”。第二天早晨，我在办公室给黛茜打了电话，邀请她过来喝茶。

“不要带汤姆来。”我警告她。

“什么？”

“不要带汤姆来。”

“谁是‘汤姆’？”她装傻地问。

约好的那天暴雨倾盆。十一点钟，一个穿着雨衣的男人拖着一台割草机敲我的房门，说盖茨比先生派他来给我修剪草坪。这倒让我想起我忘了叫芬兰女佣回来，于是我开车驶进西卵村，在湿漉漉的刷白的过道里找到了她，顺便买回来一些杯子、柠檬和鲜花。

鲜花没必要买。因为两点钟，从盖茨比家里送过来一温室的花，以及无数摆放鲜花的花瓶。一小时后，盖茨比紧张地推开房门，他身着白色法兰绒西装、银色衬衫、金色领带，急匆匆地走进来。他面色苍白，眼睛下露出睡眠不足导致的黑眼圈。

“一切都顺利吗？”他迫不及待地问。

“草坪看起来不错，如果那是你想问的事情的话。”

“什么草坪？”他茫然地问，“哦，院子里的草坪。”他向窗外望了望，但是从他的表情来看，我觉得他应该什么也没看见。

“看起来非常好，”他含糊其词地评论，“有家报纸说雨四点过后就会停，我想应该是《纽约日报》。喝、喝茶需要的东西你都备齐了吗？”

我带他走进茶水间，他略带责备地看了看芬兰女佣。然后我们一起把从熟食店买来的十二块柠檬蛋糕都细细检查了一遍。

“还可以吗？”我问。

“当然，当然！都很不错！”他空洞地附和，“……老兄！”

三点半前后，雨慢慢地收缓，变成了潮湿的雨雾。雾气氤氲中，偶见小小的水滴，像露珠一样滴落。盖茨比两眼无神地看着克雷的《经济学》杂志，芬兰女佣震动厨房地板的脚步总把他吓一跳。他不时向模糊的窗外瞥去，仿佛外面正在发生一连串隐形但却惊人的事情。最终，他站起身来，犹豫地告诉我他要回家了。

“为什么？”

“没人会来喝茶了。太晚了！”他看了看手表，仿佛别处有急事等他去办一样，“我不能等一整天。”

“别傻了，还有两分钟才到四点。”

他郁闷地坐下，好像我把他推倒了一样。就在这时，传来了汽车开进我的车道的声音。我们都跳起来，我急急忙忙地跑到院子里。

在那棵滴着水的光秃秃的丁香树下，一辆敞篷车沿着车道驶来。车停下来。黛茜戴着一顶薰衣草色的三角帽，微微抬起脸庞，光彩照人地微笑着看我。

“这就是你住的地方吗，我最亲爱的人？”

她令人心神荡漾的声音在雨中泛起涟漪。我不得不竖起耳朵，追随着她声音的起起落落，以免错过一个字。一缕湿发贴在她的脸颊上，像画笔涂上了一道蓝色。当我扶她下车时，发现她手也被亮晶晶的雨水打湿了。

“你是不是爱上我了，”她在我耳畔低声说，“不然为什么我必须一个人来？”

“那是拉克伦城堡①的秘密。告诉你的司机去远一点儿的地方待一个小时。”

“一小时后回来，费迪南。”然后她一本正经地低声道，“他的名字叫费迪南。”

“汽油熏坏了他的鼻子吗？”

“我不觉得，”她天真地说，“怎么了？”

我们走进屋去。我大吃一惊：客厅里空无一人。

“好吧，这真有趣。”我失声叫道。

---

① 1800年发表的爱尔兰恐怖小说《拉克伦城堡》故事发生地。

“什么很有趣？”

我的房门响起了一阵细微而庄重的敲门声，黛茜转过头去。我走过去打开房门。盖茨比站在一洼积水中，面如死灰，两手沉重地插在衣服口袋里，脸色悲戚地看着我。

他从我身边经过，走进门厅，双手仍然插在衣服口袋里，然后像提线木偶一样急转弯，消失进客厅。这一点都不有趣。我感觉到我的心也怦怦直跳，我关上门，将越来越急的雨挡在门外。

差不多半分钟的时间里，屋内死水般安静。然后我听到哽咽一般的低语，半段笑声，接着是黛茜清脆而做作的声音：“我特别高兴能再次见到你。”

交谈再次停顿，持续的沉默叫人难熬。我在门厅里无事可做，只好走进客厅。

盖茨比双手仍然插在口袋里，斜倚在壁炉台上，故作轻松姿态，甚至表现出不耐烦的样子。他的头使劲向后仰着，以至于靠在了一座业已停摆的钟上。他烦乱的眼睛从这个角度一直向下凝视着黛茜。黛茜惊恐但仍不失优雅地坐在一把硬邦邦的椅子边上。

“我们之前见过。”盖茨比喃喃自语。他瞥了我一眼，嘴巴张了张，努力想笑出来，却没能成功。幸好这时座钟被他的脑袋压得险些歪倒，他转过身，手指颤抖着把钟扶回原位。接着他僵硬地坐了下来，臂肘支在沙发扶手上，手托着下巴。

“不好意思，碰到钟了。”他说。

我的脸火烧火燎。我脑袋里有成千上万句客气话，但是此刻我却一句都想不起来。

“一座旧钟而已。”我像个傻瓜一样告诉他们。

我相信那一瞬间，我们都以为那座钟已经栽到地上摔成了碎片。

“我们好几年没见面了。”黛茜说，她尽可能让声音显得如往常一样平静。

“到十一月就整整五年了。”

盖茨比脱口而出的回答，让我们又面面相觑了至少一分钟。我急中生智，请他们起身帮我去厨房沏茶，偏偏这时候，芬兰女佣鬼使神差地用托盘把茶端了进来。

在忙着传递茶杯和蛋糕的混乱中，局面倒自然而然地变得得体。当我和黛茜交谈时，盖茨比躲进阴影里，用紧张而忧伤的眼神逐个端详着我们。但是，平静并不是这次茶会的最终目的，于是我一有机会，马上起身告辞。

“你去哪儿？”盖茨比立刻警觉地问。

“我马上回来。”

“你走之前，我得跟你说点事儿。”

他急匆匆地跟着我走进厨房，关上门，悲痛万分地低声道：“噢，天哪！”

“怎么了？”

“这是一个可怕的错误，”他一边说着，一边连连摇头，“一个可怕的、可怕的错误。”

“你只不过有点拘谨，仅此而已，”幸亏我还加了一句，“黛茜也一样拘谨。”

“她很拘谨？”他难以置信地重复道。

“跟你一样。”

“别这么大声。”

“你跟个小男孩儿一样，”我烦不胜烦，脱口而出，“不仅如此，你还很不礼貌。黛茜一直一个人坐在那儿。”

他抬起手，打断了我的话，用令人难以忘怀的责备眼神看着我，接着，小心翼翼地打开门，回到客厅去了。

我从后门走出屋子。半小时前，盖茨比也是从这里溜出去，紧张地绕屋一周的。我跑到一棵巨大黝黑、满是节瘤的树下，它那密网一般繁茂的叶子刚好用来避雨。滂沱大雨再次浇下，我那一反常态、被盖茨比的花匠修剪得整整齐齐的草坪，已经布满了泥泞的水洼，变成了史前的沼泽地。站在树下，除了盖茨比庞大的豪宅，没有别的可看，于是我盯着它看了半个小时，就像康德凝视着教堂尖顶。十年前的复古热潮中，一个啤酒商修建了这座宫殿，传说他曾许诺，如果邻居们都愿意在房顶铺上茅草的话，他可以为他们缴纳五年房产税。或许邻居们的拒绝导致他“创建家园”的梦想遭受重创，很快他就开始家道衰落。他葬礼的黑色花圈还挂在门上时，他的孩子们就将这座房子变卖了。尽管美国人有时甚至情愿去做奴隶，但是他们宁死也不愿意当乡巴佬。

过了半个小时，太阳再次普照大地。杂货店的货车绕着盖茨比的圆形车道开过来，给他的用人们送来了晚餐所需的生鲜食材。我相信他晚上一口都吃不下。一个女仆正逐一打开别墅上层的窗户，她的身影在每个窗口前一闪而过。当她打开正中间的大窗户时，她若有所思地探出身去，向花园里吐了一口口水。是时候回去了。刚才还下雨时，雨丝缠绵，就像他们的耳语，有时随着情绪的迸发，雨点也变得密集。但是如今雨声再次平息，我感觉屋内也复归平静。

我走了进去，我在厨房里努力地制造出所有可能的声响，就差把灶台推翻了。但是我觉得他们应该什么声音都没听见。他们分坐在沙发的两端，凝视着彼此，仿佛刚才有人问了什么问题，或者在等待答案，之前的拘谨已经了无痕迹。黛西的妆容被泪水弄花，当我走进屋里，她跳起来，走到镜子前，用手帕擦拭。而盖茨比的变化则更加令人震惊，他可以说是光彩照人。没有说什么激动人心的话，也没有摆出兴高采烈的姿势，他浑身洋溢着一种全新的幸福感，令我的小房间蓬荜生辉。

“哦，你好，老兄，”他说道，仿佛我们许多年未曾见面。有一阵子我甚至以为他会来跟我握手。

“雨停了。”

“是吗？”等他明白过来我在说什么，房间里已经布满了阳光闪烁的光晕，他微笑着，像个天气预报员，又像个欣喜若狂的再现光明的使者，向黛茜重复着这则喜讯，“怎么样？雨停了。”

“我很高兴，杰伊。”她的声音带着一种苦楚的美，诉说着她未曾预料的欢欣。

“我想请你和黛茜到我家来，”他说，“我想带她转转。”

“你确定你想让我一起来？”

“当然了，老兄。”

黛茜上楼去洗脸，盖茨比和我站在草坪上等候。我想起我那条令人羞愧的毛巾，但为时已晚。

“我的房子看起来不错，对吧？”他问道，“你看整个房子的正面采光非常好。”

我同意，他的别墅令人赞叹。

“是的，”他细细端详着这座别墅，每一道拱门，每一座塔楼，“我只花了三年时间，就赚够了买下它的钱。”

“我还以为你的钱都是继承来的。”

“是的，老兄，”他脱口而出，“但是我在那次大恐慌中失去了大部分财产——战争带来的恐慌。”

我想他可能都不知道自己在说什么，因为当我问他做的是什么生意时，他答道：“这是我自己的事。”接着他意识到自己的回答并不得体。

“哦，我从事过好几个行业，”他改口道，“刚开始我做药材生意，然后又做起了石油生意。但是我现在已经不做这两行了。”他更加谨慎地看着我，“你是不是在想我那天晚上跟你提的事？”

我还没来得及回答，黛茜从房子里走了出来，她裙子上的两排黄铜纽扣在阳光下闪闪发光。

“是那边那个大房子吗？”她一边指着，一边尖叫。

“你喜欢吗？”

“我爱它，但是我想不明白你是怎么一个人住在这儿的。”

“不管白天还是黑夜，我的房子里聚满了有趣的人。那些从事有趣的事情的人。那些名人。”

我们没有走海边的近路，而是沿着大道，从高大的后门进去。黛茜用悦耳的低语赞叹着别墅的方方面面，与天空辉映的古典轮廓，花园里黄水仙沁人心脾的芬芳、山楂和梅花空灵的气息，以及金银花清雅的香气。走上大理石台阶，门里门外却没有华丽裙子的摆动，周遭寂静无声，只有林间鸟鸣幽幽，这感觉真是奇怪。

在别墅里，当我们漫步走过玛丽·安托瓦内特[1]音乐房和复辟时期风格的接待室时，我感觉客人们就躲在每一张沙发和桌子背后，被要求屏住呼吸、保持静止，直到我们走过。当盖茨比关上“莫顿学院[2]图书馆”的门时，我甚至可以发誓，我听到了戴猫头鹰眼镜的男人发出诡异的笑声。

我们走上二楼，路过了一间复古风格的卧室，铺满了玫瑰色和薰衣草色的绸缎，新鲜花卉的点缀使得卧室生动起来；接着又穿过了更衣室、台球室，以及带有下沉式浴缸的浴室。当我们闯进一间卧室时，一个邋里邋遢的男人正穿着睡衣在地板上做着俯卧撑。这人是“寄宿生”克里普斯普林格先生。早晨我看到他在沙滩上如饥似渴地打转。最终，我们来到了盖茨比自己的套间：一间卧室，一间浴室，还有一间小书房。我们在书房里坐下来，喝了一杯他从壁橱里拿出来的查尔特勒酒。

他一直注视着黛茜，我觉得他根据黛茜那双令人爱慕的眼中所做出的反应，对他屋里的所有东西都重新进行了估值。偶尔，他也会环顾四周，茫然地看着他的财产，仿佛随着黛茜真真切切、惊心动魄的到来，周遭的一切都化为虚空。有一次他甚至差点在楼梯上栽了个跟头。

他的卧室是所有房间里布置最简单的，只是梳妆台上摆着一整套纯金的盥洗用品。黛茜开心地拿起梳子梳了梳头发，引得盖茨比坐下来，遮住眼睛放声大笑。

---

① 玛丽·安托瓦内特（1755—1793），奥地利公主，法国国王路易十六的妻子，死于法国大革命。

② 牛津大学的第一个学院，成立于1264年。

"这太有意思了，老兄，"他乐不可支地说，"我不能……当我想要……"

显然，他的心理已经经历了两个阶段，如今正进入第三个阶段。继最初的尴尬和莫名的兴奋后，与黛茜重逢的惊喜已经令他筋疲力尽。长久以来，与黛茜重逢的念头牢牢占据他的心扉，他苦苦期盼，咬紧牙关地等待，他感情的激烈程度已经超乎了常人的想象。现在，由于反作用，他就像一只发条上得太紧的闹钟，疲软下来。

他平复了一会儿，给我们打开了两个定制的巨大衣橱，里面满满当当地放着他的西装、衬衫和领带，还有像砖块一样每十几件摞成一堆的衬衫。

"我在英国雇了一个人帮我买衣服。每年一到春季、秋季，他都会给我寄来精选的新装。"

他拿出一摞衬衫，一件一件地扔到我们面前，薄亚麻的、厚丝绸的、细法兰绒的，全都抖散了抛在桌上，五颜六色地乱堆在一起。我们啧啧称叹时，他不断拿出更多的衬衫，条纹的、涡轮的、格子的，珊瑚红色的、苹果绿色的、薰衣草色的、淡橘色的，以及绣着字符装饰的深蓝色衬衫。柔软而昂贵的衬衫堆得越来越高。突然，随着一声哽咽，黛茜把头埋进衬衫堆里，开始号啕大哭。

"多么漂亮的衬衫，"她抽泣着，声音闷在厚厚的衣服堆里，"我以前从来没见过这么漂亮的衬衫，这真让我伤心。"

参观完房子，我们本来要去看看庭院和游泳池，以及水上飞机和仲夏的花朵，但是窗外又下起雨来，所以我们站成一排，眺望波涛汹涌的长岛海湾。

“如果没有雾，我们就可以看到海湾对岸你的家。”盖茨比说，“在你们那码头的尽头，总是彻夜亮着一盏绿灯。”

黛茜蓦地将手臂伸进盖茨比的臂弯，但是盖茨比似乎还沉醉在刚才那席话里。或许他发现，曾经那盏灯对他的重大意义如今已经一去不返。曾经他和黛茜分隔两地，遥不可及；与之相比，那盏灯似乎与黛茜近在咫尺，几乎触手可及，就像星辰与月亮一样形影不离。如今，它只是码头上的一盏绿灯而已了。他为之着迷的事物又减少了一件。

我开始在房间里四处转悠，在半明半暗的房间中仔细端详那些模糊不清的物件。在盖茨比桌子上方悬挂着的一幅大照片吸引了我，照片中是一位身着游艇服的老人。

“这是谁？”

“那个吗？那是丹·科迪先生，老兄。”

这名字似乎有所耳闻。

“他已经去世了。好多年前，他曾经是我最好的朋友。”

五斗柜上还有一幅盖茨比的小照片，照片中他也身着游艇服，头高傲地向后仰着。一看便知，拍照时他十八岁左右。

“我喜欢这张照片，”黛茜叫道，“蓬巴杜发型！[①]你从没告诉我你留过蓬巴杜发型……还拥有游艇。”

“看这儿，”盖茨比连忙说，“这儿有很多剪报——关于你的。”

---

① 一种男士发型，头发从额头都向后梳起。

他们肩并肩站着端详剪报。我刚想提议看一下他收藏的红宝石，电话铃声响了起来，盖茨比拿起听筒。

“是的……嗯，我现在不太方便接电话……我现在不太方便接电话……我说了一个小镇……他肯定知道小镇指的是什么……好吧，如果底特律对他来说是个小镇的话，他对我们也没什么用了……”

他挂断了电话。

“快来这儿！”黛西在窗边喊道。

雨还在下，但是西边的乌云已经散开，海面上涌动着粉色和金色的大团云朵。

“看那儿，”她轻声道，过了一会儿，又说，“我真想摘一朵粉色的云，把你放在上面，推着你四处游荡。”

我想走了，但是他们不肯；或许我的存在，让他们俩更能心安理得地“独处”。

“我知道做什么好了，”盖茨比说，“我们让克里普斯普林格先生弹钢琴。”

他走出房间，喊声“艾温”，几分钟后，带着一个面露尴尬、神情疲惫的年轻人一起回来了，年轻人戴着玳瑁框架的眼镜，古铜色的头发非常稀疏。他现在换上了一件得体的运动衫，领口打开，脚踏运动鞋，穿着一条说不上是什么颜色的帆布裤子。

“我们是不是打扰了您的锻炼？”黛西礼貌地问。

“我睡着了。”克里普斯普林格先生大声说，尴尬得磕磕巴巴，“我是说，我之前睡着了，后来起来了……”

“克里普斯普林格会弹钢琴，”盖茨比打断了他，说道，“对吧，艾温，老兄？”

“我弹得不好。我不……我几乎没弹过。我都没怎么练……”

“我们下楼吧。”盖茨比打断他。他打开了一个开关，阴暗的窗户不见了，房间里洒满了光。

在音乐室，盖茨比打开了钢琴旁边一盏孤零零的灯。他颤抖着举起一根火柴，点燃了黛茜的香烟，和她一起坐在房间另一端的沙发上，那里没有光，只有闪闪发亮的地板反射进来的大厅的光。

当克里普斯普林格弹奏完《爱巢》后，他在琴凳上转过身来，郁郁寡欢地在幽暗中搜寻着盖茨比的身影。

“你看，我根本没有练习。我告诉你我弹不了。我都没有练……”

“别啰唆，老兄，”盖茨比命令道，“弹！”

在早晨

在夜晚

我们难道未曾有过片刻欢欣……

屋外狂风呼啸，沿着海峡，隐约响起一串雷声。此时此刻，西卵村已是万家灯火，从纽约来的电车满载着乘客，在大雨滂沱中向家的方向疾驰。这是一个令人思绪万千的时刻，空气中洋溢着兴奋：

有件事毋庸置疑

富人生财，穷人生子。

与此同时

在此之间……

我走过去道别时，看到盖茨比的脸上又浮现了困惑的神情，仿佛他隐隐怀疑此刻的幸福。快五年了！即便是在这个下午的某些时刻，黛茜肯定比不上他的梦，但这不是黛茜的错，而是因为他的幻梦有蓬勃的生命力。那场梦远非黛茜所能企及，世间万物都不能与之匹配。他怀揣着创造的热情投身其中，不断为它增添色彩，用飘来的每一片绚丽羽毛装扮它。再炽热的烈火，再饱满的活力，都比不上一个男人在他孤独的心中堆砌的梦。

当我望着他时，他明显调整了一下自己。他握着黛茜的手，当她在他耳边轻语时，他冲动地向她转过头去。我想最令他魂牵梦萦的就是她的声音，起伏悠扬、无限温存，宛如一支永恒的歌，永远都不会被梦境所超越。

他们已经忘了我的存在。黛茜抬头看了一眼，抽回了自己的手。盖茨比此刻根本就认不出我来了。我再一次望向他们，他们也回望着我，但却显得如此遥远，他们的内心已被强烈的情感牢牢占据。我走出房间，走下大理石台阶，走进雨中，留他们在房间独处。

第六章

大约就在这段时间，一天早晨，一位从纽约来的志向远大的年轻记者，敲开了盖茨比的房门，问他有没有什么要说的。

“要说什么？”盖茨比礼貌地问。

“嗯……任何想发表的言论。”

在他迷惑了五分钟后，事情才水落石出。这人在办公室里听人提起了盖茨比的名字，但究竟是怎么听说的，他却不愿意明说，也许他自己也没弄明白。今天是他的休息日，他带着令人称许的动力，急匆匆地出城“看看”。

虽然只是碰碰运气，但是他的直觉是正确的。整个夏天，盖茨比的名气越来越大，险些成了新闻人物。他的名字为上百名宾客所广为传颂，他们接受了他的盛情邀请，便都自诩为熟谙他过去经历的权威。诸如“通往加拿大的地下管道”等当代传奇，都跟他扯上了关系，其中有一则故事历久弥新：他住的根本不是房子，而是一艘像房子一样的巨船，在长岛海岸秘密地登陆、下海。这些奇思妙想为何让北达科他州的詹姆斯·盖兹如此满意，个中原因还真不好说。

詹姆斯·盖兹，这才是他真正的至少是法律上的姓名。他十七岁那年，看到丹·科迪的游艇在苏必利尔湖最险恶的浅滩抛了锚，那一刻，他看到了自己生涯的起点；也是在那一瞬间，他改了名字。那天下午，当他穿着一件破破烂烂的绿色球衣、一条帆布裤子在湖边闲逛时，他还是詹姆斯·盖兹；半小时后，他借了一艘划艇，划向“托洛美号”，告诉科迪一场飓风将会困住他，并将他的船掀翻，这时，他已经是杰伊·盖茨比了。

我猜在那之前，他早就想好这个名字了。他的父母是碌碌无为的农民，在他的幻想中，应该根本就没有承认过他们是他的父母。事实是，长岛西卵村的杰伊·盖茨比，从他自己柏拉图式的构想中凭空蹦了出来。他是上帝之子，这个词如果有任何意义的话，那么就只是字面意思。他必须继承他父亲的衣钵，追求一种大而无当、庸俗至极、华而不实的美。因此，他构思出来的杰伊·盖茨比，正是一个十七岁的男孩儿可能构思出来的样子。他自始至终都效忠于这一虚构的形象。

那一年多，他沿着苏必利尔湖南岸奔波，从事过牡蛎采摘，也捕过三文鱼，凡是能让他填饱肚子、有张床睡的工作他都做。在那些自在如风的日子里，他古铜色的健壮身体自如地应对着时而繁重、时而闲散的工作。他很早就了解女人，因为女人们对他的宠爱而蔑视她们。年轻的处女们太过无知，其他女人则容易为一些事情歇斯底里，但是在他强烈自负心的驱使下，这些事情他认为是理所当然的。

然而他的内心总是狂躁不安。每当夜深人静，躺在床上，各种最为荒诞不经、天马行空的抱负就会使他意乱神迷。当洗脸池上的闹钟嘀嗒作响，乱堆在地上的衣服被月光浸湿时，一个难以名状的浮华世界便会在他的脑海中滋生蔓长。每个夜晚，他都为他的奇思妙想添砖加瓦，直到睡意浑然不觉地降临，关上他脑海中的某个生动画面。很长一段时间，这些梦想都成为他想象力的宣泄口。它们令人心满意足地暗示着，现实是虚幻的；同时也宣告着，这个世界的根基是牢牢建立在仙女的翅膀上的。

几个月前，对未来荣光的本能追求，引领着他来到明尼苏达州南部路德教的小圣·奥拉夫学院。他在那里待了两个礼拜，却失望地发现，那里对他擂响的命运的战鼓，以及对命运本身都漠不关心。他也不屑于为了赚取学费而从事门卫的工作。接着他又游荡回了苏必利尔湖，丹·科迪的游艇在岸边的浅滩抛锚的那天，他仍旧在找活儿干。

科迪当时五十岁，他从一八七五年起，在内华达州挖过银矿，在育空等地开采过矿产，所有矿产热他都参与过。在蒙大拿州的铜矿交易令他多次成为百万富翁。他虽然体魄强健，却是个心软的男人，瞅准了这一点，数不清的女人都试图谋取他的财富。而其中最著名的是一位名叫艾拉·凯耶的新闻从业女性。她抓住科迪的弱点，给他上演了一出曼特农夫人[①]，送他乘游艇出海，这是

---

① 曼特农夫人（1635—1719），法国国王路易十四的最后一任情妇。出身低微，一生颠沛流离，但凭借其良好的教养和隐忍的品性，最终为路易十四所依赖。

一九〇二年八卦小报最爱刊登的花边新闻。他沿着热情好客的海岸线游历了整整五年，直到他驶进少女湾，成为詹姆斯·盖兹的命运转折点。

年轻的盖兹两手支着船桨，仰望围着围栏的甲板，对他而言，那艘游艇代表着全世界的美好与光辉。我猜他当时冲着科迪微笑——他应该发现了他微笑的样子很讨人喜欢。不管怎样，科迪问了他几个问题（其中一个引出了他的新名字），发现他聪明伶俐并且野心勃勃。几天后，科迪带着他来到德卢斯，给他买了一件蓝色外衣、六条白色帆布裤子和一顶游艇帽。当“托洛美号”出发前往西印度洋和巴比伦海岸时，盖茨比也一同前往。

他受聘的是一个职能模糊的私人职位。当他和科迪在一起时，他轮流扮演着科迪的管家、大副、船长、秘书，甚至狱卒的角色。因为丹·科迪清醒地知道，他一喝醉就会挥霍无度，也正因此，丹·科迪对盖茨比越来越信任。这个组合持续了五年，这期间，他们环绕了美洲大陆三圈。如果不是艾拉·凯耶一天晚上在波士顿登上船，一个星期后丹·科迪凄惨地死去，这个组合本可能无限期地延续下去。

我记得在盖茨比卧室里悬挂的他的照片，一个头发灰白、面色红润的男人，面容坚毅而又空洞。一个纵情声色犬马的拓荒者，他在美国生活的一个阶段中，将边境妓院和酒馆的野蛮狂暴带到了东部沿海。盖茨比很少喝酒，间接归功于科迪。有时候，在那些欢快的派对上，女人们会将香槟揉进他的头发里；他自己则已形成了滴酒不沾的习惯。

他从科迪那里继承了财产——一份两万五千美元的遗产，但钱并没有到手。他完全不明白那些用来对付他的法律手段，但是百万财富的剩余资产全部进了艾拉·凯耶的腰包。他唯一得到的是他独一无二的得体教育，杰伊·盖茨比模糊的轮廓已经充实成了一个真正的男子汉。

很久之后，他才告诉我全部真相，但是我将它写在这里，是为了破除先前对他身世的不着边际的荒唐谣言。此外，他告诉我真相的时候，我正处于困惑之中，对于他的一切我都半信半疑。因此，我利用这个短暂的停顿来澄清对他的误解，也让盖茨比稍事休息。

这段时间也是我跟他之间交集的一个间歇。有好几个星期，我都没有见到他，也没有接到他的电话。我大部分时间都在纽约，围着乔丹团团转，努力去讨好她年迈的姑妈。但是最终我还是在一个周日下午去了他家。我到那儿还不到两分钟，就有人带着汤姆·布坎南进来喝酒。我吃了一惊，这是自然，但是真正令我惊奇的是他之前从未来过。

他们三人骑马结伴而来：汤姆，一个姓斯隆的男人，以及一位身着棕色骑装的漂亮女人，她之前来过。

“很高兴见到你们，”盖茨比站在门廊上说，“欢迎你们大驾光临。”

好像他们在乎似的！

“请坐，来支香烟或者雪茄。”他飞快地在屋里忙活，摇铃叫人，“这就让人给你们上点喝的。”

汤姆的到来给他很大触动。但是只要喝的没端上来，他反正也会惴惴不安，因为他隐隐约约地意识到，他们进来就是为了喝一杯。可是斯隆先生什么都不要。柠檬水？不，谢谢。来点香槟？什么都不喝，谢谢……抱歉……

“一路骑过来还顺利吧？”

“这附近的路很不错。”

“我猜汽车……”

“是的。”

难以遏制的冲动促使盖茨比转向汤姆，刚才打招呼的时候，他还只当盖茨比是陌生人。

“我觉得我们之前在哪里见过，布坎南先生。”

“哦，是的，”汤姆生硬地客气道，但是很明显，他根本不记得，“的确。我记得很清楚。”

“差不多两个星期前。”

“没错，你跟尼克在一起。”

“我认识你的妻子。”盖茨比近乎挑衅地接着说。

“是吗？”

汤姆转向我。

“你住在附近对吗，尼克？”

“就在隔壁。”

“是吗？”

斯隆先生没有加入对话，而是傲慢地仰靠在椅子上。那个女人也什么都没说，直到喝了两杯苏打威士忌，她突然出人意料地变得健谈。

“我们都来参加你的下次宴会，盖茨比先生，”她提议道，“你说怎么样？”

“当然，你们能来我很高兴。”

“非常好，”斯隆先生说，丝毫没有感激的意思，“嗯——我觉得我们该回家了。”

“请不要着急，”盖茨比挽留道，他已经挥洒自如，还想再多了解汤姆一点，“为什么你们不……为什么你们不留下来吃晚餐呢？说不定还有其他从纽约来的客人加入。”

“到我家来晚餐吧，”那位女士热情洋溢地说，“你们俩都来。”

也包括了我。斯隆先生站起身来。

“走吧。”他说道，但是只对着那个女人。

“我说真的，”她一再坚持，“一起来吧，位置很多。”

盖茨比疑惑地看着我。他想去参加，而且他也没看出来斯隆先生有拒绝的意思。

“恐怕我去不了。”我说。

“好吧，那你来。”她集中目标，催促盖茨比。

斯隆先生在她耳边低声说了几句。

“我们现在出发就不会迟到。”她大声地坚持。

“我没有马，”盖茨比说，“我在军队的时候曾经骑过马，但是我从来没买过马。我只能开车跟着你们。稍等我一分钟。”

我们其余人都走到外面的门廊里，斯隆先生和那位女士在旁边激烈地争论着。

“我的天，我就知道那个男的一定会来，”汤姆说，“他难道不知道她不想让他来吗？”

“她说她想让他来。”

“她有一个盛大的晚宴，但是那里他一个人都不认识。”他皱了皱眉，“我真想不通他到底是在什么鬼地方见过黛茜。上帝，可能我观念太过保守，但是现在的女人们四处乱跑，真让我受不了。她们结交各种乱七八糟的人。”

很快斯隆先生和那位女士走下台阶，骑上了马。

“走吧，”斯隆先生对汤姆说，“要迟到了，我们必须得走了。”接着对我说，“告诉他我们没法等他了，好吗？”

汤姆和我握了握手，另两位跟我冷淡地点了点头，马沿着车道一路小跑，消失在八月的树荫下。就在这时，盖茨比拿着帽子和薄外套，从前门走出来。

显然，汤姆对黛茜一个人四处乱跑十分恼火，因为接下来的那个星期六晚上，他跟着黛茜一起来参加盖茨比的派对了。或许他的到来令那一晚显得异常压抑，那次宴会与盖茨比那个夏天举办的派对截然不同，给我留下深刻印象。宴会上还是同样的宾客，至少是同样类型的宾客，同样琳琅满目的香槟，同样五花八门、高低起伏的喧嚣，但是我感到空气中弥漫着不愉快的气息，一种前所未有的冷峻。或许只是因为我已经习惯于把西卵村当成一个自给自足的世界来对待。这里有它自己的标准，有它自己的杰出人物；它无可比拟，因为它并非刻意变成今天的模样。如今我却要通过黛茜的眼睛，重新打量它。通过全新的视角，去端详你已经努力适应的事物，这难免令人伤感。

他们在黄昏时分到来。当我们在流光溢彩的人群中漫步时，黛茜又开始低声地咕哝起俏皮话。

“这些东西真令我激动，”她低声说，“如果你今晚什么时候想亲吻我，尼克，随时跟我说，我很乐意为你安排。只要提我的名字就可以了，或者递上一张绿色的卡片。我正分发绿色的……"

"四处看看。"盖茨比提议。

"我正在四处看呢。我正有着一个奇妙的……"

"你一定能看到许多你听说过的人。"

汤姆傲慢的眼睛巡视着人群。

"我们不怎么走动，"他说，"实际上，我刚刚还在想，在这儿我一个人都不认识。"

"或许你认识那位女士。"盖茨比指向一位气质高雅、如花似玉的女士，她正端庄地坐在一棵白梅树下。汤姆和黛茜盯着她，当认出她是一位深居简出的电影明星时，他们顿时感到不可思议。

"她很迷人。"黛茜说。

"在她身旁弯着腰的那位男士是她的导演。"

他隆重地将黛茜夫妇介绍给一群又一群客人："布坎南女士，和布坎南先生……"停顿了一下，他补充道，"马球运动员。"

"哦，不，"汤姆立马反驳，"我不是。"

但是很明显盖茨比以此为乐，因为接下来的整个晚上，汤姆都被称为"马球运动员"。

"我从来没见过这么多名人，"黛茜叫道，"我喜欢那个男人，他叫什么名字？鼻子有点发青的那个。"

盖茨比介绍了他，并补充说他是一个很小的制片人。

"哦，不管怎么说，我喜欢他。"

"我宁愿自己不是马球运动员，"汤姆愉快地说，"我更希望隐……隐姓埋名地看着这些名人。"

黛茜和盖茨比翩翩起舞。我记得当时我被盖茨比优雅而得体的狐步舞所震撼，我之前从未见过他跳舞。接着，他们散步到我家，在台阶上坐了半个小时。应黛茜的要求，我一直留心着花园。“别万一着火或是发大水，”她解释道，“或者其他什么天灾。”

当我们坐下来共进晚餐时，汤姆从他的隐姓埋名中重新登场。“我过去跟那边的人一起吃可以吗？”他说，“那人说话很有趣。”

“去吧，”黛茜和颜悦色地说，“如果你想记下谁的地址，就拿着我的金色小铅笔。”过了一会儿，她四下望了望，告诉我那个女孩儿“长得不错，但是并不出众”。于是我得知，除了刚才她跟盖茨比独处的半小时，其他时间她过得并不愉快。

我们所在的那一桌都喝得烂醉如泥。这是我的错。盖茨比被叫去接电话了，而我仅仅两周前还跟这些人玩儿得很愉快。但是曾经令我愉悦的人，如今却令人乏味。

“你还好吗，贝德克尔小姐？”

被询问的女孩儿正尝试着靠在我的肩膀上，但却没能成功。听到这句问话，她马上坐起来，睁开眼睛。

“什么？”

一个体态魁梧、昏昏欲睡的女人，刚才正催促黛茜明天跟她一起去当地的俱乐部打高尔夫球，现在为贝德克尔小姐辩护起来：“哦，她现在好多了。每次当她喝了五六杯鸡尾酒，她就开始那样尖叫。我告诉过她不应该喝酒。”

“我本来就没怎么喝。”被指责的贝德克尔小姐空洞地强调。

“我们听到你在叫喊了，所以我对这位希瓦特医生说：‘医生，那儿有人需要你的帮助。’”

“我相信她将不胜感激，”另一个朋友说，但丝毫不见感激之情，“不过你把她的头按进泳池里时，把她的裙子都弄湿了。”

“我最讨厌的就是把我的头按进泳池，”贝德克尔小姐咕哝道，“有一次他们在新泽西差点把我淹死。”

“那你就更不该喝酒了。”希瓦特医生反驳道。

“说说你自己吧！”贝德克尔小姐暴躁地大喊，“你的手一直发抖。我才不会让你给我做手术！”

情况就是这样。我记住的最后一件事就是和黛茜并肩站着，端详那位电影导演和他的女明星。他们仍然坐在那棵白梅树下，脸贴着脸，中间只夹着一道瘦长而苍白的月光。这场景给我的感觉，就是导演整个晚上都在向女演员慢慢俯身，最终得以贴近。就在我看着他的时候，他的腰弯得更低，亲吻了她的脸颊。

“我喜欢她，”黛茜说，“我觉得她很迷人。”

但是其他人都冒犯了她。不言而喻，这里的冒犯并非一个姿势，而是一种情绪。她震惊于西卵村这个前所未闻的“地方”，竟然吸引百老汇大驾光临长岛渔村；震惊于西卵村陈旧的客套话之下，蠢蠢欲动的鲜动的活力；震惊于西卵村横冲直撞的命运，引领着它的居民抄捷径前行，从白手起家到一无所有。她在这难以理解的极致的简约当中，看到了可怕的东西。

当他们等车的时候，我陪他们一起坐在门前的台阶上。前庭很黑，只有门里透出来的十英尺的光，照进轻柔的、漆黑的黎明。有时候，一块阴影笼罩在楼上一间熄了灯的更衣室上，接着又被另一块阴影所取代，阴影不停追逐，为看不见的玻璃修饰妆容。

“这个盖茨比到底是什么人？”汤姆突然发问，“是个大走私犯吗？”

“你从哪儿听说的？”我问道。

“不是听说的，是我自己猜的。很多新晋的暴发户都只是大走私犯，你知道的。”

“盖茨比不是。”我直截了当地说。

他沉默了一会儿。车道的鹅卵石在他脚下咯吱作响。

“好吧，召集这么盛大的聚会，肯定够他费劲的。”

一阵微风吹动了黛茜毛领的灰色薄雾。

“至少他们比我们认识的人有意思多了。”她竭力辩解。

“你看起来不像是很感兴趣。”

“不，我很感兴趣。”

汤姆大笑起来，转向我。

“当那个女孩儿说给她洗个冷水澡的时候，你注意到黛茜的表情了吗？”

黛茜开始伴着音乐，用沙哑的嗓音低声哼起歌，每一个词都被赋予了前所未有、后不复存的含义。当旋律响起，她的嗓音也变得甜美，随着旋律，像女低音一样浅吟低唱，每一个起伏变化都散发着她温润的魅力。

“来的很多人都没受邀请，”她突然说，“那个女孩儿就没被邀请。他们只是硬生生地闯进来，而他太过礼貌了，不好意思拒绝。”

“我想知道他是谁，是做什么的，”汤姆执拗地说，“我想我一定能有所发现。”

“我现在就可以告诉你，”她答道，“他拥有好几家药店，好多家药店。他自己建的。”

拖拖拉拉的豪华汽车终于出现在车道上。

“晚安，尼克。”黛茜说。

她将目光从我身上移开，望向台阶上灯火通明的房间，《凌晨三点钟》的乐声从敞开的门中飘扬而出，这是那一年流行的一首工整而忧伤的华尔兹曲子。即使盖茨比的派对混乱不堪，但仍然有着黛茜世界中完全缺席的浪漫可能。楼上的歌声中，有什么似乎在召唤她回去？又有什么事情，可能在接下来幽暗难测的时间里发生？或许不可思议的客人会到来，一个足以令人惊叹的绝世名伶，一些活力四射的年轻女孩儿，一个望向盖茨比的清纯的眼神，一次奇妙的邂逅，或许就会让五年的痴心付出化为乌有。

那天晚上我待到很晚。盖茨比让我等到他有空的时候，于是我在花园中闲逛，直到必不可少的游泳派对结束，人们从昏暗的海滩上兴高采烈地回来，一直到楼上客房的灯光全都熄灭。盖茨比终于从楼梯上下来了。他脸上古铜色的皮肤不同寻常地紧绷着，眼神明亮而疲倦。

“她不喜欢这次宴会。”他见到我立马倾诉。

“她当然喜欢。”

“她不喜欢，”他执拗地说，“她玩儿得并不开心。”

他沉默了，我感受到他难言的失落。

“我觉得我离她很遥远，”他说，“很难让她明白。”

“你是说刚才跳的舞吗？”

“跳舞？”他打了个响指，将全部舞蹈忽略不计，“老兄，舞蹈无关紧要。”

他想要的只是黛茜走过去跟汤姆说："我从未爱过你。"任何折中的方案他都不会接受。当她用这句话将过去的四年一笔勾销后，他们再决定应该采取哪个更实用的方式。其中一个是当她自由后，他们回到路易斯维尔，在她的家里结婚，就跟五年前的婚礼一模一样。

"可是她不明白，"他说，"她本来可以明白的。我们一起坐了好几个小时……"

他闭口不言，冷冷清清地走在果皮堆、被遗弃的礼物以及揉碎的花朵中间。

"要是换作我，我不会要求她太多，"我鼓足勇气说，"你不能重回过去。"

"不能重回过去？"他疾声质问，"为什么？你当然可以！"

他愤怒地向四周望去，仿佛过往就潜藏在他房子的阴影里，藏在他触碰不到的地方。

"我会让所有的事情都复归原位，"他一边说，一边坚决地点头，"她会看到。"

他讲了很多往事，给我的感觉就是他想让一些事情复原，或许是那个爱上黛茜的盖茨比。他的人生从此变得迷茫、混乱，但是如果他能够回到一个特定的起点，慢慢地去翻越，他就能够发现事情的原本……

五年前的一个秋日夜晚，他们沿着落叶纷飞的道路散步，走到了一个没有树木的地方，人行道上洒满了白色的月光。他们停下来，转身对望。此刻，夜凉如水，夜色中藏着隐秘的悸动，为那一年的两个转机而振奋。房子里透出静谧的灯光，在黑暗中浅吟低唱；夜空上的星星闪闪烁烁，众声喧哗。盖茨比从眼角看到，一个街区又一个街区的人行道幻化成一把梯子，向上延伸到树冠之上的神秘终点。如果他独自攀登，他就可以登上高处，一旦抵达，他就可以吮吸命运的乳头，饮下无与伦比的奇迹的乳汁。

黛西雪白的面庞靠近他的脸，盖茨比的心跳越来越快。他知道，当他吻了这个女孩儿，彻底清除掉他对她那稍纵即逝的喘息的难言幻想，他的心就再也不会像上帝之心那样活蹦乱跳了。所以他等待着，聆听了片刻音叉敲击星星的乐声。然后，他吻了她。当他的嘴唇碰触到她的时，她像花儿一样为他绽放，梦想的化身正式成形。

他所诉说的整个故事，甚至他令人悲恸的感伤，都令我回忆起了很久之前我在某处听过的响动：一段莫测的旋律，抑或片刻无声的失语。有一瞬间，一个短语在我口中几近成形。我像一个哑巴一样张开嘴巴，仿佛除了一丝受惊的空气，还有什么别的东西要从我的嘴唇涌出来。但它们没有发出声响，我当时忆起的再也无法言说。

第七章

当人们对盖茨比的好奇心达到顶峰时，一个星期六的晚上，他家的灯光没有再像往常一样亮起。他作为特里马乔[①] 的生涯毫无征兆地结束了，正如同它毫无征兆地开始。我慢慢才发现，车辆兴致勃勃地驶入盖茨比家的车道，结果稍加停留就扫兴离开了。我担心他是否生病了，于是去他家看看。一个面相凶恶的陌生的男管家打开门，从门缝里狐疑地窥视。

“盖茨比先生病了吗？”

“没。”他顿了顿，慢吞吞地勉强加了个“先生”。

“我很长时间没见到他了，我很担心。告诉他卡拉威先生来过。”

“谁？”他粗鲁地问。

“卡拉威。”

---

① 特里马乔：古罗马作家皮特罗尼斯《讽刺篇》中一个纵情酒宴的暴发户。

“卡拉威。好的，我会告诉他。”

他猛地关上门。

我的芬兰女佣告诉我盖茨比一周前解雇了他家所有的用人，换了六个新人，他们从未去西卵村收受那些卖东西的人的贿赂，而是通过电话订购适量的生活用品。食品店送货的小伙子报告说，厨房现在看起来活像猪圈；而西卵村人所持的普遍观点是，新来的这些人根本就不是用人。

第二天，盖茨比给我打来电话。

“准备搬家了吗？”我问道。

“没有，老兄。”

“我听说你辞退了所有的用人。”

“我需要的是不会多嘴多舌的人。黛茜经常过来——下午的时候。”

由于她眼中的不满意，整个大酒店像纸牌屋一样垮塌了。

“他们是沃尔夫斯海姆想要提供点帮助的人。他们是兄弟姐妹，之前经营一家小旅馆。”

“好吧。”

是黛茜让他打电话来的，问我明天能否去她家共进午餐，贝克小姐也会参加。半小时后，黛茜自己打电话来了，听到我会去的消息，她似乎放下心来。一定发生了什么事。然而我至今都无法相信，他们居然会选择这个时机来闹事，尤其这件事还如盖茨比曾在花园中描述的那样场面惨烈。

第二天，日光灼灼，可能是最后一个夏日了，而且肯定是夏季最热的一天。当我乘坐的火车驶出隧道、驶进阳光时，只有国家饼干公司热烈的汽笛打破正午的闷热与肃静。车厢内的草席垫热得快要燃烧了，我旁边的女士起初只是矜持地任汗珠滑入她的白色衬衫，接着，当她手指下的报纸也被汗浸湿后，热浪令她彻底崩溃，发出一声绝望的叹息。她的皮夹"啪"地掉在地上。

"哦，天！"她惊叫道。

我疲惫地弯下腰，捡起她的皮夹，交还给她。我手臂伸得笔直，用手指尖捏住皮夹的一角，示意我没有贪图它的意思，但是附近的所有人，包括那位女士，都对我表示出一致的怀疑。

"热！"售票员对熟悉的面孔说，"这天气！……热！……热！……热！……你觉得够热吗？热不热？是不是……"

他递还给我的通勤票上，多了一个他手指留下的黑印。在这热气蒸腾中，谁还关心他吻了谁的朱唇，谁还在乎是谁的头浸湿了他胸口上的睡衣口袋！

盖茨比和我在门外等候的时候，一丝若有若无的微风吹过布坎南别墅的大厅，带来屋内的电话铃声。

"主人的尸体？"男管家在话筒里怒吼，"非常抱歉，夫人，但是我们现在没法提供，天太热了，没法碰！"

其实他真正说的是："好的，好的……我去看看。"

他放下话筒，朝我们走来。他身上汗涔涔的，接过我们的硬草帽。

"夫人在小客厅等您。"他喊道，没必要地为我们指明方向。在这么热的天气中，任何多余的姿势都是滥用生活中的公有财富。

房间被遮阳棚遮得严严实实，非常阴凉。黛茜和乔丹躺在一张巨大的沙发上，像两具银像压着她们的白色裙子，避免被风扇转出的吟唱的微风吹动。

“我们动不了了。”她们齐声说。

乔丹涂满白粉的古铜色手指，在我的手心停留了片刻。

“运动健将托马斯·布坎南先生呢？”我问道。

与此同时，我听到了他的声音，粗犷、低沉、沙哑，在大厅里通电话。

盖茨比站在深红色地毯的中央，全神贯注地四处端详。黛茜望着他笑起来，发出甜美而激动的笑声，一小股粉从她的胸脯上飞起。

“有传言说，”乔丹低声道，“正在打电话的是汤姆的情人。”

我们都沉默了。大厅中的声音突然不耐烦地升高了：“那好，我根本不会把那辆车卖给你……我根本不欠你的……而且因为你在午饭的时候就为这事儿打扰我，我再也无法忍受了！”

“挂了话筒才说的。”黛茜冷笑道。

“不，他不是，”我向她保证，“真的有这么一笔买卖。我恰好知道这件事。”

汤姆猛地打开门，他粗壮的身躯堵住了门口，接着大步流星地走进屋里。

“盖茨比先生！”他伸出又宽又平的手掌，把对他的厌恶之情隐藏得严严实实，“很高兴见到你，先生……尼克……”

“给我们来杯冰饮。”黛茜大喊。

当汤姆再次离开房间后，黛茜站起来朝盖茨比走去，拉低他的脸，亲吻了他的嘴唇。

“你知道我爱你。”她低声呢喃。

"你忘了还有一位女士在场。"乔丹说。

黛茜故作不解地回头看。

"那你也吻尼克。"

"多低级、粗俗的女人！"

"我不在乎！"黛茜叫道，在砖砌的壁炉旁跳起舞来。紧接着，她想起了炎热的天气，又后悔地坐回了沙发上。就在这时，一个换洗一新的保姆领着一个小女孩儿走进了房间。

"亲——爱的宝——贝，"她温柔低唱，伸开双臂，"来爱你的妈妈身边。"

保姆撒开手，小孩儿穿过房间，害羞地把头埋在妈妈的裙子里。

"亲——爱的宝——贝！妈妈把粉蹭到你可爱的浅黄色头发上了吗？站起来，说'你好'。"

盖茨比和我轮番弯下腰，握了握那不情愿的小手。然后他一直惊讶地看着那个孩子。我觉得他之前应该一直怀疑她是否真的存在。

"我午饭前就打扮好了。"女孩迫不及待地转向黛茜，说道。

"那是因为妈妈要炫耀你。"黛茜俯身将脸贴着那雪白的小脖子上唯一的皱纹，"你这个宝贝，你呀。你这个十足梦幻的小宝贝。"

"是啊，"小女孩儿冷淡地回应，"乔丹阿姨也穿了一件白裙子。"

"你喜欢妈妈的朋友们吗？"黛茜把小女孩儿转过来，让她面对盖茨比，"你觉得他们好看吗？"

"爸爸去哪儿了？"

"她长得不像她爸爸，"黛茜解说道，"她长得像我。她的头发和脸型都跟我一样。”

黛茜坐回沙发上。保姆迈前一步，伸出手来。

“走吧，帕米。”

“再见，甜心！”

这个守规矩的小女孩恋恋不舍地回头看了一眼，握住保姆的手，被牵出门去。汤姆正好回来，后面跟着四杯加满了咔嚓作响的冰块的金利克酒。

盖茨比拿起一杯酒。

“酒看起来真凉爽。”他说道，看得出非常紧张。

我们大口大口地贪婪痛饮。

“我在什么地方读到过，太阳每年都变得越来越热，”汤姆和善地说，“好像很快地球就会掉到太阳上——稍等一下——正好相反——太阳每年都变得越来越冷。”

“去外面转转吧，”他对盖茨比提议，“我想带你四处看看。”

我跟着他们走到外面的游廊里。长岛海峡碧绿的海水在炎热中仿佛静止。一叶小帆船缓慢地向更新鲜的海水前行。盖茨比的目光追随了帆船片刻，然后抬起手，指着海湾对岸。

“我就在你正对面。”

“确实。”

我们的目光向上掠过玫瑰花圃、掠过热气蒸腾的草坪，以及酷暑中岸边丛生的杂草。帆船的白帆在蔚蓝清爽的天际映衬下慢慢地移动，前方是扇形的海域以及星罗棋布的美丽岛屿。

“多好的运动，”汤姆点头道，“我真想过去跟他一起玩上一个小时。”

我们在餐厅吃了午饭，餐厅也遮挡得十分阴凉，以抵御热浪。我们就着冰凉的麦芽酒，将强颜欢笑的紧张一并喝下肚去。

“今天下午我们要做什么？”黛茜喊道，“明天呢，以及接下来的三十年？”

“别发牢骚了，”乔丹说，“等凉爽的秋天到了，生活就会重新开始。”

“但是天气这么热，”黛茜固执地说，几乎要落下泪来，“所有的事又都乱七八糟。让我们一起去城里吧！”

她的话音在热浪中挣扎、来回拍打，将无知觉的热气塑造成各种形状。

“我听说过将马厩改造成车库的，”汤姆对盖茨比说，“但是我是第一个将车库改造成马厩的人。”

“谁想去城里？”黛茜坚持问道。盖茨比的眼睛望向她。“啊，”她叫道，“你看起来真酷。”

他们目光相对，互相凝视，时空中仿佛只剩他们两人。她好不容易才将视线转移到桌子上。

“你总是很酷。”她重复道。

她已经告诉他她爱他，而且汤姆·布坎南看在眼里。他非常震惊，嘴巴微微张开，看着盖茨比，接着又看着黛茜，似乎他才认出来一个他认识了很久的人。

“你看起来很像广告里的那个人，”她天真地继续说，“你知道那个人的广告……”

“好吧，”汤姆急忙打断，“我非常愿意去城里，走吧，让我们一起去城里。”

他站起身，眼睛仍然在盖茨比和他妻子之间来回转。没人起身。

“走啊！”他有点生气了，“到底怎么了？要是去城里的话，我们就动身吧。”

他举杯把最后一点麦芽酒送到嘴边，手因为努力压制怒火而发抖。黛茜让我们站起来，走到滚烫的碎石车道上。

“我们这就走了？”她反对道，“像这样？难道我们不先请大家都抽根烟吗？”

“吃午饭时大家一直在抽烟。”

“哦，让我们找点乐子，”她央求汤姆，“天气太热，没必要着急。”

他没有回答。

“随你的便吧，”她说，“走，乔丹。”

她们上楼准备去了，我们三个男人站在外面，用脚踢着滚烫的石子。一弯银月已经浮现在西边天空。盖茨比想要开口说话，但是又改变了心意，可是汤姆已经转过身，期待地看着他。

“你的马厩就在这儿吗？”盖茨比勉强地问。

“沿这条路下去差不多四分之一英里。”

“哦。”

停顿了一下。

“我不明白为什么要去城里，”汤姆怒气冲冲地突然爆发道，“女人们总是心血来潮……”

“我们要不要带点喝的？”黛茜从楼上窗户大喊。

“我去拿点威士忌。”汤姆答道，他走进屋里。

盖茨比转身对我严肃地说："老兄，我在他家里什么都没法说。"

"她的声音很轻率，"我评论道，"充满了……"我犹豫了。

"她的声音里充满了金钱。"他突然说。

诚然，我之前从来没能明白。声音里充满了金钱——那是她声音里起伏不绝的魅力，是她声音中的响铃、是钹歌……洁白宫殿里高高在上的国王的女儿，金子般的女孩儿……

汤姆走出屋子，用手帕包着一瓶一夸脱的酒，身后跟着黛茜和乔丹，她们头戴金属色泽的帽子，小巧而精致，手臂上搭着轻薄的披肩。

"坐我的车走吗？"盖茨比提议道。他摸了摸滚烫的绿色皮座，"我应该把它停在阴影里。"

"这车是标准排挡的么？"汤姆问道。

"是的。"

"那好，你开我的小汽车，我来开你的车去城里。"

这个提议让盖茨比不太高兴。

"我觉得车里没多少汽油了。"他表示拒绝。

"汽油还有很多，"汤姆大声说道。他看了看油表，"如果汽油不足了，我可以找家药店停下来。现如今在药店里什么都能买到。"

这句听起来并无所指的话引起了短暂的沉默。黛茜皱着眉头看着汤姆，盖茨比脸上闪过一种无法形容的表情，一种非常陌生却又似曾相识的神情，似乎我只听别人用言语描述过。

"走吧，黛茜，"汤姆说，用手把她推向盖茨比的车，"我要带你坐这辆马戏团的大篷车。"

他打开车门，但是黛茜却从他的臂弯里躲开。

“你带尼克和乔丹，我们开小汽车跟着你走。”

她走近盖茨比，手蹭着他的外套。乔丹、汤姆和我坐在盖茨比车子的前排座上，汤姆试探着推动不熟悉的手挡，我们飞驰进难挨的炎热中，把他们甩出了视线。

“你们看到了吗？”汤姆问道。

“看到什么？”

他眼神锐利地看着我，意识到乔丹和我一直都知道这件事。

“你觉得我很迟钝，是吗？”他说道，“或许我的确是，但是有时候我有一种……差不多有一种第二视觉，告诉我该做什么。或许你不相信，但是科学……”

他停住了。一件当务之急的事突然闯入脑海，将他从理论深渊的边缘拽了回来。

“我对这家伙做了一个小调查，”他继续说道，“我本可以调查得更深入的，要是我之前知道……”

“你是说你找了个灵婆么？”乔丹幽默地问。

“什么？”他困惑地瞪着我俩的笑容，“一个灵婆？”

“打听盖茨比的事。”

“打听盖茨比！不，我没有。我说了我对他的过去做了一个小调查。”

“然后你发现他是一个牛津毕业生。”乔丹提示他。

“牛津毕业生！”他难以置信，“就他那样！穿一件粉红西装。”

“不管怎么说，他的确是牛津毕业生。”

“新墨西哥州的牛津，”汤姆嗤之以鼻，“或者类似的。”

“听着，汤姆。如果你这么势利眼，那你干吗邀请他来吃午饭？”乔丹生气地质问。

“黛茜请他来的。我们俩结婚之前她就认识他。天知道在什么地方！”

麦芽酒的效力逐渐褪去，我们变得心烦意乱。意识到这点，我们沉默地开了一会儿车。然后，当T.J·艾克尔伯格医生黯淡的眼睛在路的前方出现时，我想起盖茨比关于汽油的提醒。

“足够我们开到城里了。”汤姆说。

“但是这儿正好有一家车行，”乔丹反对说，“我不想在这烤箱一样的天气里被迫停在半路上。”

汤姆不耐烦地将两个刹车都踩住，我们猛地停在威尔逊的招牌下面，激起尘土飞扬。过了一会儿，老板从车行里现身，眼神空洞地盯着车子。

“给我们加点油！”汤姆粗鲁地喊道，“你觉得我们停下来干吗……难不成是来欣赏风景？”

“我生病了，”威尔逊动也不动，说道，“病了一整天。”

“怎么了？”

“整个人都很虚弱。”

“哦，那我得自己加油么？”汤姆质问道，“你在电话上听起来还挺好的。”

威尔逊吃力地从门口的阴凉里走出来，重重地喘息着，拧开油箱的盖子。阳光下他的脸色发绿。

“我没想打扰您的午餐，”他说，“但是我急需用钱，我想知道您打算怎么处理您那辆旧车。”

“你喜欢这辆车吗？”汤姆问，“我上周刚买的。”

“很漂亮的黄色汽车。”威尔逊一边说，一边用力握紧加油嘴的把手。

“想买吗？”

“可能吗，”威尔逊淡淡一笑，“不买，但是我可以从另一辆上赚点钱。”

“你突然要钱做什么？”

“我在这儿待了太久了。我想要离开这儿。我妻子和我要去西部。”

“你妻子也去？”汤姆吃惊地叫道。

“十年来她一直在提这件事，”他靠着加油泵歇了一会儿，用手为眼睛挡光，“现在不管她是否乐意，她都得去。我要带她一起走。”

小汽车在我们面前飞驰而过，扬起一阵尘土，车里伸出一只手向我们挥舞。

“该给你多少钱？”汤姆厉声问道。

“这两天我才意识到一件荒唐的事，”威尔逊说道，“这就是我为什么想离开，也是我为什么一直因为那辆车的事儿打扰您。”

“我该给你多少钱？”

“二十美元。”

一开始，无尽翻腾的热浪令我头昏脑涨，我难受了一阵后，才意识到目前为止他还没怀疑到汤姆身上。他发现默特尔在另一个世界有着他全然不知的生活，精神上的打击令他的身体抱恙。我盯着他看了看，又盯着汤姆看了看，他不到一小时前跟我有了同样的发现。这令我意识到，人与人之间的任何差别，无论智力或是人种，都比不上健康的人与病人之间的差别显著。威尔逊病恹恹的样子，令他看起来罪孽深重——好像他刚刚让某个可怜的姑娘怀了孩子。

“我给你那辆车，”汤姆说，“明天下午我就送来。”

哪怕在日光耀眼的午后，这个地方也总是隐隐约约地令人不安。我转头望去，仿佛有人提醒我提防身后的什么东西。在灰堆之上，T.J · 艾克尔伯格大夫硕大的双眼一直在观望着，但片刻之后，我感受到二十英尺之内，还有一双眼睛正目光灼灼地盯着我们。

车行楼上的一扇窗户里，窗帘拉开了一条缝隙，默特尔 · 威尔逊正向下窥视着我们的车。她聚精会神，全然没有察觉到有人也在观察她。一个又一个的神情轮番在她的脸上浮现，仿佛一个个物体逐渐在冲洗的照片中显现。她的表情惊人的熟悉，那是我经常在女人脸上看到的一种表情，但是默特尔 · 威尔逊脸上出现这种表情似乎毫无意义、令人费解。直到我发现，她那双因妒火和恐惧而圆睁的眼睛，并不是盯着汤姆，而是盯着被她误认为是汤姆妻子的乔丹 · 贝克，我才恍然大悟。

一个头脑简单的人的困惑非同小可。当我们驾车离开后，汤姆感受到恐慌的火舌正在炙烤他。他的妻子和情人一小时前还安全稳妥，如今却猝不及防地从他的手掌心溜走。为了追上黛茜，也为了把威尔逊甩开，他本能地猛踩油门。我们以每小时五十迈的速度向阿斯托利亚飞驰，直到在高架铁路蜘蛛网般的钢架之间，我们才看到那辆自在行驶的蓝色小汽车。

“五十街的大电影院很凉快，”乔丹提议道，“我喜欢纽约空无一人的夏日午后，有种性感的气息——好像熟透了，仿佛各式各样的奇珍异果都会掉在你手里。”

“性感”这个词令汤姆更加烦躁不安，但是他还没来得及发表抗议之前，小汽车已经停了下来，黛茜示意我们开过去停在一起。

“我们去哪儿？”她喊道。

“去看电影怎么样？”

“太热了，”她抱怨道，“你们去吧。我们兜一圈再去找你。”她搜肠刮肚，又说起了俏皮话，“我们将在某个街角与你相遇。我将是那个抽着两根烟的男人。”

“我们不能在这儿谈话，”汤姆不耐烦地说，一辆卡车在我们身后怨念地鸣笛，“你们跟着我去中央公园南边、广场酒店前。”

他好几次回头看他们的车，如果堵车令他们落后了，他就会放慢速度，直到他们跟上来。我想他担心他们会飞快地拐进旁边的巷子，永远地从他的生活中消失。

但是他们并没有。我们都认同了一个匪夷所思的方案：订了广场酒店一个套间的客厅。

我完全回忆不起那番漫长的、喋喋不休的、以将我们都赶进来客厅才告终的争吵到底都说了什么，尽管我的身体清晰地记得在争吵的过程中，我的内衣就像一条湿乎乎的蛇在我的腿上爬行，汗珠时不时在我的背上流下，划过一丝凉意。这个主意起源于黛茜提出的包下五间浴室洗冷水澡，接着我们又提出了更具体的意见，诸如“找个地方喝冰薄荷酒”。我们每个人都一遍遍地说这是个“疯狂的主意”。我们都同时对着一个迷茫的服务生说自己的主意，自认为或者假装认为我们现在非常滑稽……

硕大的房间闷热无比，尽管现在已经是下午四点钟了，打开窗户，却只有中央公园的灌木丛吹来的一阵热风。黛茜走到镜子前，背对着我们整理她的发型。

“这房间棒极了。”乔丹一板一眼地小声说道，大家哄堂大笑。

“再开一扇窗。”黛茜头也不回地命令道。

“窗户已经都打开了。”

“好吧，那让我们打电话要把斧头……”

“我们要做的是忘记炎热，”汤姆烦不胜烦地说，“你的抱怨只会让它变得十倍糟。”

他拿掉包裹着威士忌的手帕，把它放在了桌上。

“干吗说她呢，老兄，”盖茨比说，“是你自己想来城里的。”

安静了一瞬间。电话簿从钩子上滑落，摔到地上，乔丹低声道：“抱歉。”……但这一次没有人发笑。

“我来捡。”我主动说。

“我来吧。”盖茨比研究了一下断开的绳子，饶有兴趣地“嗯”了一声，把电话簿扔到椅子上。

“那是你的一个特别得意的口头禅，是吗？”汤姆尖锐地问。

“什么？”

“所有这些‘老兄’的把戏。你从哪儿学来的？”

“汤姆，听着，”黛茜从镜子前转过身来，说道，“如果你要进行人身攻击，我不会再在这儿多待一分钟。叫人送点冰镇薄荷酒用的冰来。”

当汤姆拿起话筒时，积压的热气爆炸成声浪，楼下宴会厅传来门德尔松《婚礼进行曲》的不祥的和弦乐声。

“想想看，在这么热的天气里结婚！”乔丹崩溃地喊道。

“尽管如此……我就是在六月中旬结的婚，”黛茜回忆道，“六月的路易斯维尔！有人昏倒了。汤姆，是谁昏倒了来着？”

“比洛克西。”他言简意赅地说。

“一个叫比洛克西的男人。‘木头人’比洛克西，而他是做箱子的，这是真的，而且他来自密西西比州比洛克西市。”①

“他们把他抬到了我家，”乔丹补充道，“因为我家离教堂只隔两户人家。他在我家待了整整两个星期，直到我爸爸告诉他他必须得走了。他走后第二天我爸爸就去世了。”过了一会儿，她又补充了一句，仿佛她刚才语出不敬似的，“这两件事之间没有任何联系。”

“我之前也认识一个来自孟菲斯的比尔·比洛克西。”我说。

“那是他的堂兄弟。他走之前我知道了他的全部家族史。他给了我一根铝质的轻击球杆，我现在还在用。”

典礼开始，音乐声落下，窗外涌进一长串欢呼声，中间夹杂着“耶——耶——耶”的喊声，最后爆发出一阵爵士乐声，开始跳舞了。

“我们都老了，”黛茜说，“如果我们还年轻，我们早就站起来翩翩起舞了。”

“别忘了比洛克西，”乔丹警告她，“汤姆，你在哪儿认识他的？”

---

① 木头人（block）、比洛克西（Biloxi）、纸箱（box）三个词谐音，黛茜借此卖弄机智风趣。

“比洛克西？”他聚精会神地想了半天，“我不认识他。他是黛茜的朋友。”

“他不是，”黛茜否认，“我之前从来没见过他。他坐你的专车来的。”

“好吧，他说他认识你。他说他在路易斯维尔长大。阿萨·博尔德在最后一分钟带他来，问我们还有没有给他的位置。”

乔丹笑了，“没准他正沿路搭便车回家。他告诉我他之前在耶鲁是你们的班长。”

汤姆和我茫然地对视了一下。

“比洛克西？”

“首先，我们根本就没有班长……”

盖茨比的脚焦躁地敲了几下地板，汤姆突然看向他。

“顺便问一句，盖茨比先生，我听说你是牛津毕业生。”

“不完全是。”

“哦，对，我的理解是你去过牛津。”

“是的，我去过那儿。”

短暂的停顿。接着汤姆的声音变得质疑而带着侮辱，“那么你一定是在比洛克西去纽黑文的时候去的牛津。”

又一阵停顿。一个服务生敲了敲门，端着捣碎的薄荷和冰走了进来，然而他的“谢谢”以及轻轻的关门声并没能打破沉默。这个迷雾重重的细节终于要被澄清。

“我跟你说过了我去过那儿。”盖茨比说。

“我听到了，但是我想知道是什么时候。”

“是一九一九年。我只在那里待了五个月，所以我并不能真的自称牛津毕业生。”

汤姆环顾四周，看我们脸上是否也浮现出跟他一样的怀疑，然而此刻我们都望着盖茨比。

“那是停战后，他们给一部分军官提供的机会。”他继续说，“我们可以去上英国或者法国的任何一所大学。”

我想站起来拍拍他的后背。我心中又重拾对他曾有过的完全的信任。

黛茜站起身，淡淡地微笑着，走到桌子旁。

“汤姆，打开威士忌，”她命令道，“我给你做一杯冰薄荷酒。然后你就不会让自己显得这么愚蠢了……看看这薄荷！”

“等一下，”汤姆厉声说，“我想再问盖茨比先生一个问题。”

“请问吧。”盖茨比礼貌地说。

“你准备在我家里挑起怎样的争端？”

他们终于公开化了，盖茨比心满意足。

“他没有挑起争端，”黛茜绝望地来回看着他们俩，“你才在挑起争端。拜托你有点自控力。”

“自控力！”汤姆难以置信地重复道，“我猜最新的潮流就是袖手旁观，默许来自无名地的无名小卒跟你的妻子做爱。好吧，如果那是你的意思，你就别指望我了……现在人们开始嘲笑家庭生活和家庭机制，接下来他们就会废除一切，黑人和白人之间开始通婚。”

这一番慷慨激昂的胡言乱语令他面红耳赤，汤姆感觉自己孤身一人站在文明的最后一道壁垒上。

“在座的都是白人。”乔丹小声说。

“我知道我不是很受欢迎。我不举办盛大的宴会。我猜在现代社会，为了交朋友你必须得把你的家搞得跟猪圈一样。”

尽管我和其他人一样愤怒，但是他每次一开口，我就忍不住想笑。一个浪荡公子哥儿竟然摇身一变成了道学先生，这变化真够彻底。

“老兄，有件事我得告诉你……”盖茨比开口道。但是黛茜猜出了他的用意。

“请不要！”她无助地打断他，“让我们都回家去吧。我们都回家不好吗？”

“这是个好主意。”我站起身，“走吧，汤姆。没人想喝酒。”

“我想知道盖茨比先生要告诉我什么。”

“你的妻子并不爱你，”盖茨比说，“她从没爱过你。她爱的是我。”

“你一定是疯了！”汤姆情不自禁地大叫起来。

盖茨比蓦地站起身，激动难抑。

“她从没爱过你，听到了吗？”他叫道，“她嫁给你只不过因为我很穷，而且她已经厌倦了继续等我。这是一个可怕的错误，但是在她心中除了我，她从未爱过别人！”

这时我和乔丹试图离开，但是汤姆和盖茨比都争相坚持让我们留下，好像他们彼此都没有什么不可告人的事情，而且能够分担并体会他们的感情是无上光荣。

“黛茜，坐下，”汤姆试图让自己的声调听起来如慈父一般，然而并没成功，“发生了什么事？我想了解整个经过。”

“我已经告诉你是什么事了，”盖茨比说，“已经持续了五年了……而你毫不知情。”

汤姆猛地转向黛茜。

“五年来你一直跟这家伙见面？”

“没有见面，”盖茨比说，“没有，我们无法见面。但是我们一直深爱着彼此，而你一无所知，老兄。有时候我忍不住大笑，”然而他的眼中全无笑意，“一想到你毫不知情。”

“噢……是这么回事儿。”汤姆像一个牧师一样，把他粗壮的手指合拢在一起轻轻敲了敲，向后靠在椅子里。

“你疯了！”他爆发了，“五年前发生了什么我无法评论，因为那时候我还不认识黛茜。我他妈搞不明白你怎么能进入她方圆一英里范围内，除非你是来她家后门给她送杂货的。而你其他的话纯粹就是瞎扯淡。黛茜嫁给我的时候，她是爱我的，现在她依然爱着我。”

“不是的。”盖茨比一边说，一边摇头。

“不管怎么说，她爱我。问题是有时候她的脑子里会产生荒唐的想法，不知道自己在干什么。”他机智地点点头，“而且，我也爱黛茜。曾经我一度放纵自己，看起来像个傻瓜，但是我总是会回归家庭，在我心里，我一直都爱着她。”

“你真恶心，”黛茜说道。她转向我，低了八度的嘲笑声令人毛骨悚然地回荡在房间里，“你知道我们为什么离开芝加哥吗？我真奇怪他们居然没告诉你，你那个小小的放纵的故事。”

盖茨比走过来，站在她身旁。

“黛茜，都已经结束了，”他真诚地说，“这都已经不重要了。你只要告诉他事实，告诉他你从没爱过他，全部都一笔勾销了。”

她茫然地看着他，“是啊……我怎么会爱上他？怎么可能呢？”

“你从没爱过他。”

她犹豫了。她恳求般的目光落在我和乔丹身上，仿佛她终于意识到她在做什么——好像她一直就没打算要这么做。然而事已至此，为时已晚。

“我从没爱过他。”她说，看得出很勉强。

“在卡皮奥拉尼[①]也没爱过吗？”汤姆突然问道。

“没有。”

压抑而沉闷的乐曲声伴随着空气中的热浪，从楼下的宴会厅传了进来。

“那么为了不让你的鞋子沾水，我把你从‘宾治盆’游艇上抱下来的那天呢？”他沙哑的嗓音中流露出柔情，“黛茜？”

“请不要再说了，”她的声音依旧冷冰冰，但是其中的怨恨已经消失殆尽。她看着盖茨比，“听着，杰伊。”她说道，想给自己点根烟，手却一直抖个不停。她突然把香烟和燃烧的火柴都扔到地毯上。“啊，你想要的太多了！”她冲着盖茨比大声说，“我现在爱的是你。……这难道还不够吗？过去的事我无能为力。”她开始无助地啜泣，“我确实曾经爱过他……但是我也爱过你。”

盖茨比的眼睛睁开又闭上。

“你也爱过我？”他重复道。

“就连这都是谎言，”汤姆残忍地说，“她不知道你还活着。没错……我和黛茜之间很多事你永远都不会知道，我们俩也都永远

---

① 夏威夷最大的公园。

无法忘记。”

这番话仿佛蚕食着盖茨比的心。

“我想和黛茜单独谈一谈，”他执拗地说，“她现在太激动了……”

“即使我俩单独谈，我也不能说我从没爱过汤姆，”她凄凄地说，“那不会是真的。”

“当然不是。”汤姆赞同。

她转向她丈夫。

“好像你很在乎似的。”她说。

“我当然在乎。从今以后，我会给你更加细心的照顾。”

“你没明白，”盖茨比有些慌张地说，“你没有机会再照顾她了。”

“我没机会了？”汤姆两眼圆睁，放声大笑，如今他又挥洒自如了，“为什么？”

“黛茜将要离开你了。”

“一派胡言。”

“但是我的确要离开你了。”黛茜说，但显然她非常艰难才说出这话来。

“她不会离开我！”汤姆突然话锋一转，对盖茨比破口大骂，“她当然不会为一个大骗子这么做，哪怕是给她戴在手上的戒指都得去偷。”

“我要受不了了，”黛茜喊道，“拜托，我们走吧。”

“你到底是什么人？”汤姆说，“你是围着梅耶·沃尔夫斯海姆转的那帮狐朋狗友中的一个，我碰巧知道这件事。我对你的事情做了一点小调查，明天我会继续深挖。”

“随你的便，老兄。”盖茨比沉着地说。

“我弄明白你的‘药店’都是怎么回事了。”他转身对着我们，语速飞快地宣布，“他和这个沃尔夫斯海姆买下了很多纽约和芝加哥街边的药店，在柜台里出售酒精。这是他众多小伎俩中的一个。我第一次见他就认定他是个走私犯，看来我还没太看走眼。”

“那又怎样？”盖茨比礼貌地说，“我猜你的朋友沃特·蔡斯并不会觉得跟我们合伙做生意有伤体面。”

“而且你还令他陷入困境，对吗？你眼睁睁地看着他在新泽西蹲了一个月的监狱。上帝！你应该听听沃特是怎么评价你的。”

“他来找我们的时候，已经倾家荡产。他很乐意来赚点钱，老兄。”

“别再叫我‘老兄’！”汤姆高声道。盖茨比没接茬，“沃特原本可以告你违反赌博法，但是沃尔夫斯海姆恐吓他，让他闭上了嘴。”

那不熟悉但能够辨认出的表情再次回到了盖茨比的脸上。

“药店生意只不过是小钱，”汤姆缓缓地继续说，“但是你现在又开始涉足沃特都不敢告诉我的生意。”

我瞥了一眼黛西，她正受惊地来回看着盖茨比和她的丈夫，以及乔丹，她又开始平衡她下巴上那个看不见却令人着迷的东西了。接着我转向盖茨比，被他的表情所震惊。他看起来就像“杀过人”一样，我说这话跟在他的花园里的那些流言蜚语毫无关系，但是只有这句荒唐的话能够形容出他那一刻的神情。

这个表情消失后，他开始激动地向黛西辩白，否认一切，驳斥并未被提及的指控，捍卫他的名誉。但是他说的每一个字都令黛西的心离他越来越远，因此，他放弃了。随着午后时间的流逝，只有那一息尚存的梦想仍旧在苦苦支撑，拼命地想要碰触那已经碰不到的东西，向着房间对面那失落的声音痛苦却又不甘地挣扎。

那声音再次乞求离开。

“拜托，汤姆！我再也受不了了。”

她那双惊恐的眼睛表明，不论她曾经有过怎样的动机、怎样的勇气，如今都已经荡然无存。

“你们两个先回家，黛茜，”汤姆说道，“坐盖茨比先生的车。”

她看着汤姆，如惊弓之鸟。但是他故作宽容以示轻蔑，一再坚持。

“去吧，他不会烦你的。我想他已经意识到他这场不自量力的小小调情已经结束了。”

他俩走了，一言不发，快步走出，哪怕在我们充满歉意的眼中，都像是一对意外出现、冷冷清清的鬼魂。

过了片刻，汤姆起身，开始用手帕包上那瓶还未开封的威士忌。

“想来点儿吗？乔丹？尼克？”

我没有回答。

“尼克？”他再次问道。

“什么？”

“想来点儿吗？”

“不……我刚想起来今天是我的生日。”

我三十岁了。又一个十年在我面前蜿蜒伸展，形成一条凶险而不祥的道路。

当我们跟着他钻进汽车、驶向长岛时，已经七点钟了。汤姆不停地说着，兴高采烈、喜笑颜开，然而他的声音对我和乔丹来说十分遥远，就像路边事不关己的喧闹，或是头顶高架铁路上的嘈杂。人类的同情是有限度的，我们都心安理得地任凭他们可悲的争论随着身后都市的灯光一起黯淡。三十岁——象征着孤独的十年，认识的单身汉越来越少，热情越来越淡薄，头发越来越稀疏。但是还有乔丹陪在我身边，跟黛茜不同，她足够明智，不会年复一年地活在自己难以忘怀的梦里。当我们驶过黑洞洞的大桥时，她苍白的脸懒懒地靠在我风衣的肩部，她的手令人安心地紧紧握着我的手，使我忘却了三十岁所带来的令人生畏的冲击。

在暮色渐凉中，我们一路驶向死亡。

在灰堆旁边经营一家咖啡店的年轻的希腊人米凯利斯是验尸时的首要目击者。他在热气蒸腾中一直昏睡到下午五点多，当他闲逛到车行时，发现乔治·威尔逊在办公室里病倒了——确确实实病倒了，脸色同他的白发一样苍白，浑身发抖。米凯利斯建议他躺在床上休息，但是威尔逊拒绝了，说如果那样他将错失很多生意。当他的邻居正努力劝导他时，楼上响起一阵激烈的吵闹。

“我把我的妻子锁在楼上了，”威尔逊平静地解释道，“她要在上面一直待到大后天，然后我们就会搬走。”

米凯利斯震惊了。他们做了四年邻居，威尔逊一点都没表露出要搬家的迹象。整体来说，他属于那种颓废的男人：当他不工作的时候，他就坐在门口的椅子上，呆呆地看着马路上人来人往、车辆川流。不论谁跟他交谈时，他都一成不变地发出赞同而呆板的笑声。他凡事都听他老婆的，从不自己做主。

米凯利斯自然想要问个究竟，但是威尔逊一句话都不肯说。

相反，他开始好奇而怀疑地打量起他的这位客人，盘问他在某一天的某个时间点都做了什么。正当后者变得局促不安时，几个去他餐馆的工人经过门口，他趁机溜了，假装一会儿还会回来。但是他并没有再来。他觉得是自己忘记了，仅此而已。当七点稍过，他再次出门时，他又想起了他们的对话，因为他听到了威尔逊太太的声音，在楼下的车行大声咒骂着。

“打我啊！”他听到她的叫喊，“把我推倒然后打我啊，你这个肮脏的小懦夫！”

不一会儿，她冲出门跑进黄昏中，挥舞着双手大喊大叫。他还没来得及离开自己的门口，一切便戛然而止。

那辆“死亡之车”——报纸上是这样称呼它的——并没有停下，它从围拢的夜幕中出现，悲哀地盘旋了片刻，接着就在下一个弯道中消失了。米凯利斯甚至没看清它的颜色。他告诉第一个警察说它是浅绿色。另一辆驶向纽约的车在超出事发现场一百码的地方停了下来，司机匆忙退回到蜷在路上的默特尔·威尔逊身边，她已死于非命，暗红的浓血与灰尘混合到一起。

米凯利斯和这个男人最先赶到她身旁，但是当他们撕开她被汗水浸湿的衬衫时，他们看到她左边的乳房像块帘子一样松松垮垮地耷拉下来。已经没有再听心跳的必要了。她的嘴巴大张，嘴角撕裂，仿佛在释放她积存许久的旺盛的生命力时不小心噎住了。

当我们距离现场还有些距离时，就已经看到了三四辆车和一大群人。

“车祸！”汤姆说，“好事儿。威尔逊终于有点生意了。”

他减慢速度，但是并没打算停下来。直到我们开得更近，车行门口人们急切而肃静的面孔才迫使他不由自主地踩了刹车。

"我们来看一眼，"他疑惑地说，"就看一眼。"

我此刻听到车行里不断传来空洞的哭号，当我们从小汽车上下来，朝门口走去时，哭声又变化成了上气不接下气的阵阵呻吟："噢，我的上帝！"

"这儿有了什么大麻烦。"汤姆激动地说。

他踮起脚尖，从一圈脑袋上方向车行里望去，里面只有一盏挂在铁丝罩里的摇摇晃晃的黄灯照明。然后他喉咙里大喝一声，用有力的双臂猛地推开人群，挤了进去。

被扒开的圈子又合拢了，传来一阵含混的劝慰声。这时我们还是什么都看不见。直到片刻后，新来的人打乱了队形，乔丹和我突然被推到了里面。

默特尔·威尔逊的尸体被放在墙边的一张工作台上，身上裹着一层又一层的毯子，仿佛她在这个炎热的夜晚着了凉似的。汤姆背对着我们，在工作台前弯着腰，一动不动。在他旁边，站着一个满头大汗的摩托车骑警，正在一个小本子上涂来改去地记着名字。起初，我没能找到在空荡荡的车行里回荡的高昂的呻吟声的来源，接着我才看到威尔逊站在他办公室高出的门槛上，双手抓着门框来回摇晃着。有人正低声跟他说话，一次又一次地尝试着把手放在他的肩膀上。但是威尔逊既听不到也看不到。他的目光缓缓地从摇晃的电灯下移到墙边的工作台上，接着又猛地转回到灯上。他不停地发出高亢、惊悚的哀号："噢，我的上……帝！噢，我的上……帝！噢，我的上……帝！哦，我的上……帝！"

过了一会儿，汤姆猛地抬起头，目光呆滞地环顾了一圈车行，然后跟警官断断续续、含混不清地说了一句话。

“M——a——v——”警察说，“o……”

“不是，你落了r——”那人纠正道，“M——a——v——r——o……”

“听我说！”汤姆愤怒地低声说。

“r——”警察说，“o——”

“g——”

“g——”他抬起头，因为汤姆宽大的手掌猛地落在他的肩上，“你想干吗，伙计？”

“发生了什么？——我想知道的就是这个。”

“汽车撞了她，当场死亡。”

“当场死亡。”汤姆瞪着双眼，重复道。

“她跑到马路中央。那混蛋根本就没停车。”

“当时有两辆车，”米凯利斯说，“一辆开过来，一辆开过去，知道了吧？”

“开去哪儿？”警察敏锐地问。

“两辆车朝相反的方向开。当时，她……”他的手向毯子的方向伸去，但是到了半路停下了，又缩回到自己身边，“她跑出去时，有辆从纽约开过来的车迎面撞上了她，时速每小时三十或者四十迈。”

“这地方叫什么名字？”警官问。

“没有名字。”

一个面色苍白、衣着得体的黑人走近前来。

“那是一辆黄色的车，”他说，“一辆黄色的大车，新的。”

“你看到事发过程了？”警察问。

“没有，但是那辆车从我身边开了过去，速度比四十迈快，每小时有五六十迈。”

“过来这边，我们记一下你的名字。闪开，我要记一下他的名字。”

这段对话里的某些词一定传到了正在办公室门口摇摆的威尔逊的耳朵里，因为他呜咽的哭喊中又多了一个新的主题：“你不用告诉我那是什么样的车！我知道那车长什么样！”

我注视着汤姆，看到他外套底下、肩膀后面的大团肌肉紧绷起来，他快步走向威尔逊，站在他面前，死死地抓住他的上臂。

“你得振作起来。”他粗鲁地安慰他道。

威尔逊的目光落到汤姆身上，他吃了一惊，踮起脚尖，要不是汤姆抓着他的话，恐怕他就要跪在地上了。

“听着，”汤姆一边说，一边轻轻摇了摇他，“我刚从纽约到这儿。我是给你送我们之前说过的那辆小汽车的。今天下午我开的那辆黄色的车不是我的——你听到了吗？我一下午都没看到它了。”

只有那个黑人和我离得足够近，听到了他说的话。但是那个警察从他说话的语气中察觉到了什么，机警地看过来。

“怎么回事？”他质问道。

“我是他的一个朋友，”汤姆转过头，但是双手仍然牢牢地抓着威尔逊，“他说他知道那辆肇事的车辆……是一辆黄色的车。”

一点隐约的冲动令警察怀疑地看着汤姆。

“那你的车是什么颜色？”

“蓝色的，一辆小汽车。”

“我们从纽约一路开过来。”我说。

有个一直在我们后面不远开车的人证实了我们的话，于是警察转身走了。

“来，请再拼一遍你的名字，确保我写对了……”

汤姆像拿起一只玩偶一样架起威尔逊，走进办公室，把他放在一张椅子上，然后走了回来。

“最好有人进来陪他坐一会儿。”他像发号施令一样说。他朝离他最近的两个人望去，他们俩面面相觑，不情愿地走进房间。接着汤姆关上屋门，迈下了仅有一层的台阶，目光一直躲避着那张桌子。当他走到我身旁时，对我低声道：“我们走吧。”

他用胳膊蛮横地推开人群，我们不自在地拨开仍然拥挤的人群走出去，迎面过来一个匆忙赶来、提着药箱的医生，半小时前他们怀着渺茫的希望请他过来的。

汤姆慢吞吞地开着车，直到我们转过弯道，他才狠狠地踩下油门，汽车在夜色中飞驰。过了片刻，我听到一阵低沉沙哑的抽泣，发现他已泪流满面。

“那个该死的懦夫！”他哽咽道，“他连车子都没停。”

穿过幽暗、婆娑的树林，布坎南家的豪宅映入我们眼帘。汤姆在门廊旁边停下车，向二楼望了望。透过藤蔓，能看到两扇窗户亮着。

“黛茜到家了。”他说。当我们走下车时，他朝我瞥了一眼，微微皱了皱眉。

“我应该在西卵村放下你的，尼克。今晚我们没什么事可做。”

他像变了个人，说话时一脸严肃，内心已经有了决断。当我们踏着月光，穿过碎石小径去门廊时，他三言两语，利索地处理了眼前的局面。

“我叫辆出租车送你回家，你等车的时候，最好和乔丹去厨房让他们给你俩做点晚餐——如果你想吃东西的话。”他打开门，“进来吧。”

“不用了，谢谢，但是如果你能为我叫辆出租车的话，我会非常感激。我在外面等。”

乔丹挽着我的手臂。

“不进来吗，尼克？”

“不了，谢谢。”

我感到有点厌烦，想一个人待着。但是乔丹又逗留了一会儿。

“才九点半。”她说。

要进去才怪。一天之内我已经受够了他们所有人，突然之间，乔丹也被包括在内。她一定从我的表情里看出了什么，因为她猛地转身跑上门廊台阶，进屋去了。我双手捧着头，在那儿坐了几分钟，直到我听到男管家拿起电话叫出租车的声音。然后，我沿着车道缓缓走开，打算在大门旁边等候。

我走了还不到二十英尺，就听到有人喊我的名字，盖茨比从两丛灌木丛中间走出来，站到小路上。那时我一定精神恍惚了，因为我什么都想不起来，只记得月光下他那件粉色西装闪着光。

“你这是在干吗？”我问。

“就在这儿站着，老兄。”

我莫名地感到，那似乎是个可鄙的勾当。我满心以为他将马上洗劫这座豪宅，即便此刻我看到他背后的灌木丛中藏着一张张邪恶的面孔——“沃尔夫斯海姆的人”的面孔，我也不会诧异。

“你在路上看到出什么事儿了吗？”过了一会儿，他问道。

“看到了。”

他犹豫了一下。

“她死了吗？”

“死了。”

“我想也是这样。我告诉黛茜我猜她被撞死了。打击一起到来会比较好。她表现得挺坚强。”

他这么说，仿佛黛茜的反应才是他唯一在乎的事。

“我从一条小路上开回了西卵村，”他继续说，“把车停在了我的车库。我觉得没人看见我们，当然我也不确定。”

那时我已经对他烦透了，因此我觉得没必要告诉他，他猜错了。

“那女人是谁？”他问道。

“她姓威尔逊。她的丈夫是那家车行的老板。真要命，这到底是怎么回事？”

“噢，我想把方向盘转过来的……”他话音中断，我突然猜到了真相。

“是黛茜开的车吗？”

“是，”过了半晌，他说，“但是当然，我会说是我开的。是这样，当我们离开纽约时，她特别紧张，她觉得开车能够帮她稳定情绪。然后，当我们正经过一辆反方向行驶的车时，这个女人突然冲过来。事情的发生就在一刹那，但是我觉得她似乎想跟我们说话，觉得我们是她认识的人。当时，黛茜首先朝着另外那一辆车转弯，避开那个女人，但是接着她惊慌失措，又转了回去。然后我的手碰到方向盘，感受到了冲击……车子一定当场就撞死了她。”

“把她撕裂了……”

“别说了，老兄，”他畏缩了一下，“总而言之……黛茜继续踩油门。我想让她停车，但是她办不到，所以我拉了紧急车闸，她倒在我膝盖上，我接过来继续开车。”

“明天她就会好起来，”过了一会儿，他说道，“我只需在这儿等着，看他是否会因为今天下午不愉快的事去找她麻烦。她把自己锁在了她的房间，要是他想动粗，她会把灯关上再打开。”

“他不会碰她的，”我说，“他现在想的不是她。”

“我不相信他，老兄。”

“你要在这儿等多久？”

“如果有必要的话，我会等一整夜。不管怎样，要等到他们都入睡。”

我心中萌生了一个全新的观点。假如汤姆发现了是黛茜开的车，他或许会觉得这其中必有关联，或许他会一时间思绪万千。我望着他的豪宅，楼下两三扇窗户亮着灯，二楼黛茜的房间透出粉红色的光。

“你在这儿等着，”我说，“我去看看有没有任何风吹草动的迹象。”

我沿着草坪的外围走了回去，轻轻地穿过碎石路，踮着脚尖走到游廊台阶上。会客厅的窗帘是拉开的，房间里空无一人。穿过那条三个月前的六月夜晚我们曾吃过晚餐的走廊，我来到一小片长方形的灯光下，我猜那是茶水间的窗户。百叶窗被拉上了，但是我在窗台上找到了一个缝隙。

黛茜和汤姆面对面坐在餐桌的两边，中间摆着一盘冷炸鸡，还有两瓶啤酒。他正冲着桌子对面的她热切地说着，他的手也随之落下来，放在了黛茜的手上。她偶尔抬起头看着他，点点头表示同意。

他们并不高兴，谁都没有动鸡肉和啤酒；但是他们也没有不高兴。这画面流露出一股千真万确的自然的亲近气息，任何人都能看出来，他们在共同密谋着什么。

当我从走廊上蹑手蹑脚地回来时，我听到我的出租车沿着黑漆漆的道路，摸索着朝布坎南家驶来。盖茨比还站在我们刚才在车道上分开的地方等着。

“上面还安静吗？”他焦急地问。

“是的，很安静。”我犹豫了一下，“你最好回家睡一会儿。”

他摇了摇头。

“我想在这儿等着，直到黛茜入睡。晚安，老兄。”

他将手插到外衣口袋里，急急忙忙地继续他对布坎南家的监视，仿佛我的存在玷污了他神圣的守望。因此，我走开了，独留他站在月光中——空空地守望。

第八章

我整夜都难以成眠。海峡上不停传来雾笛的呜咽，我病恹恹地在奇异诡谲的现实与残暴惊悚的噩梦之间辗转反侧。天近拂晓，我听到一辆出租车驶向盖茨比家的车道，我立马从床上跳起来，开始穿衣服——我觉得有些事我得告诉他，有些事得提醒他，如果等到早晨就太迟了。

穿过草坪，我看到他家的大门仍然敞着，盖茨比斜倚在大厅里的一张桌子上，因为沮丧或是困倦而显得垂头丧气。

“什么都没发生，”他有气无力地说，“我一直等着，四点钟前后她走到窗边，接着关上了灯。”

那晚，我们穿过巨大的房间搜寻香烟，他的房子从未显得如此空旷。我们拉开像帐篷一样的窗帘，在漫无边际的黑暗墙壁上摸索着电灯开关。有一次，我被一架鬼影般的钢琴绊倒，摔倒在键盘上。四处尘埃弥漫，房间散发着霉味，好像已经很多天都没有通风了。我在一张陌生的桌子上找到了一个雪茄盒，里面有两根已经走了味、干掉了的烟。我们打开会客厅的落地窗，朝着黑夜吞云吐雾。

“你应该离开这儿，”我说，“他们肯定可以追查到你的车。”

“现在离开吗，老兄？”

“去大西洋城待一周，或者去蒙特利尔。”

他不愿考虑离开。在他知道黛茜准备怎么做之前，他绝不会离开她。他努力地想要抓住最后的希望，我不忍心让他抛下一切。

就是在这天晚上，他把他年轻时候和丹·科迪在一起的传奇故事告诉了我。之所以告诉我，是因为“杰伊·盖茨比”与汤姆强硬的恶意相撞后，像玻璃一样粉身碎骨。长久以来隐秘的狂想曲终于告终。我想事到如今，他应该毫无保留，什么都愿意承认，但是他想谈的仍是黛茜。

她是他认识的第一个“好”女孩儿。之前通过各种未透露的身份，他也接触过这类人，但是与她们的交往总是隔着无形的铁丝网。她令他意乱情迷。他第一次去她家，是和泰勒营的其他军官一起，之后就独自前来了。她的家令他诧异——他第一次置身如此漂亮的房子。但是，这房子之所以带有一种令人屏息凝神的强烈的情调，是因为黛茜住在这儿。这房子对她来说，就像营地的帐篷对于他一样稀松平常。房间内散发着一股浓浓的神秘气息，仿佛暗示着楼上的卧室比其他卧室更加美丽与宜人；走廊里到处都是欢声笑语、流光溢彩；香艳的罗曼史并非被埋葬在薰衣草中朽去，而是鲜活的、生机勃勃的，令人联想起时下流行的锃亮汽车，或是鲜花永不枯萎的舞会。还有一件事也令他激动：很多男人都曾爱上黛茜，这增加了她在他眼中的身价。他感觉房子到处都有他们的存在，空气中弥漫着他们依然饱满的感情的影子和回音。

但是他知道，他能来黛茜家是一个纯粹的偶然。不论他作为杰伊·盖茨比会有怎样的远大前程，眼下他只是个不名一文、毫无建树的年轻人，而且，他的军装——这件无形的斗篷随时都会从他的肩上滑落。所以他分秒必争。他发狂地、肆无忌惮地抢夺所有他能得到的东西，终于，在一个宁静的十月的夜晚，他占有了黛茜。之所以说是占有了她，是因为他其实连碰她手的权利都没有。

他或许应该鄙视自己，因为他一定是凭借虚假的自我吹捧占有了黛茜。我不是说他吹嘘他并不存在的百万财富，而是说他故意给黛茜营造安全感，他让她相信，他跟她来自同一阶层，他完全有能力照顾她。然而事实上，他并没有这样的条件：他背后没有优渥的家庭可以依靠，而且他还身处无情的国家机器中，随时有可能被派去全球任何地方。

但是他并没有鄙视自己，事情也没有按照他的预期发展。可能他原本打算纵情欢乐一番，然后一走了之。但是如今，他发现他已深深陷入对梦想的追求。他知道黛茜出类拔萃，但他并没有意识到，一个“好”女孩儿会多么出类拔萃。她消失进自己的豪宅里，消失进她富裕而多彩的生活里，空留盖茨比独身一人。他觉得自己已是她的了，仅此而已。

两天之后，当他们再次相见，盖茨比变得难以自持，可以说他才是上当受骗的人。她家的门廊沐浴在一片璀璨的星光中，当她转身让他亲吻她那张奇妙又可爱的嘴唇时，柳编的时髦长靠椅吱吱作响。她感冒了，这令她嗓音沙哑，比以往更富魅力。盖茨比深深地意识到财富所禁锢和封存的青春与神秘，意识到一套又一套的服装如何令人耳目一新，意识到黛茜像白银一样熠熠生辉，傲然高踞在穷人的苦苦挣扎之上。

“老兄，我无法向你描述，当我发现自己爱上了她时，我有多么惊讶。我有段时间甚至希望她抛弃我，但是她并没有，因为她也爱我。她觉得我见多识广，因为我知道很多她并不了解的事情……没错，那时我已经背弃了我的雄心壮志，每分每秒都在爱情里越陷越深，而且突然间我什么都不在乎了。如果跟她谈论接下来我要做什么更令我愉快的话，那宏图大志还有什么用呢？”

在他出国前的最后一个下午，他搂着黛茜沉默地坐了很长时间。那是一个寒冷的秋日，屋子里的火令她的双颊飞红。她不停地变换姿势，他也随之动一动胳膊。然后，他吻了她乌黑光亮的秀发。那个下午赋予他们片刻的宁静，似乎是为了让他们在第二天即将面临的长久离别前，能够有一个刻骨铭心的纪念。当她缄默的双唇扫过他外衣肩头的时候，以及当他轻轻触碰她的指尖，仿佛她已进入梦乡的时候，是他们恋爱一个月以来最亲密的时刻，也是他们彼此互诉衷肠最为深情的时刻。

他在战争中表现卓越。去前线之前他就当上了上尉，阿尔贡战役之后，他晋升少校，并担任机枪连的连长。停战后，他发疯似的想要回国，但是由于复杂的局势，或是出于误会，他被送去牛津读书。那时他忧心如焚，黛茜的来信里满是焦急与绝望。她不明白他为什么不能回来。她感受到外界的压力，她想要见到他，想要感受到他就在她的左右，让她相信不管怎样，她做的是正确的事。

毕竟黛茜还年轻，在她的浮华世界里，满是兰花的芬芳、轻巧讥诮的势利，以及奠定全年节奏的管弦乐队，用新的曲调去演绎人生的忧伤与启示。萨克斯彻夜哀奏着《比尔街布鲁斯》的绝望曲调，上百双金银舞鞋飞旋，扬起闪光的尘粒。在愉悦的下午茶时间，房间里总是涌动着甜蜜而温热的暗流，新鲜的面孔四处穿梭，如同被哀婉的乐声吹动的玫瑰花瓣，在地上打转。

在沉沉的薄暮中，黛茜又开始合着季节外出社交了。一夜之间，她又开始每天跟五六个男人赴五六次约会，黎明时分才昏昏睡去，晚礼服被扔在床边的地板上，礼服上的珠子和雪纺同已经凋零的兰花混杂在一起。她想立刻让她的人生定型，刻不容缓，而且这个决定必须由唾手可得的外力推动：爱情，金钱，不容置疑的实际的东西。

这个外力在春天过了一半的时候，随着汤姆·布坎南的到来而出现。他的身材和他的地位都不可撼动，黛茜倍感光荣。她无疑经历过一番思想斗争，也肯定如释重负。当盖茨比还在牛津的时候，他收到了来信。

长岛现在已是黎明。我们打开楼下其余的窗户，让房间里充满渐渐灰白、渐渐金黄的光线。顷刻间，一棵树的影子透过晨露落了下来，幽灵般的鸟儿开始在青青的叶子间吟唱。空气轻缓而令人愉悦地流动着，但很难称之为风，预示着今天将是凉爽宜人的一天。

"我觉得她从没爱上过他，"盖茨比从一扇窗户边转过身来，用挑衅的眼神看着我，"你一定记得，老兄，她整个下午情绪都非常激动。他跟她讲这些事情的方式吓到了她——让我听上去活像个低贱的骗子。结果就是她几乎不知道自己在说什么。"

他沮丧地坐下来。

"当然她可能短暂地爱过他，在他们刚结婚的时候……但即便那时她还是更爱我，你知道吗？"

突然他冒出来一句奇怪的话。

"不管怎么说，"他说，"这只是私事。"

这话不会产生歧义，只会让人感受到，他认为这件事中蕴含的强烈感情是无法被衡量的。

他从法国回来的时候，汤姆和黛茜仍然在蜜月旅行。他用他最后的军饷，痛苦不已却不由自主地回了一趟路易斯维尔。他在那儿待了一周，重走他俩在十一月的夜晚曾经并肩走过的街道，重访他俩开着她的白色汽车去过的偏僻地方。就像在他看来，黛茜家的房子总是比其他房子更加神秘和欢乐，这座城市对他而言也是如此。哪怕她已经离开了这座城市，路易斯维尔仍然弥漫着一种令人怅惘的美。

他离开的时候有一种感觉，如果他搜寻得再努力一些的话，他可能会找到她，他感觉是他抛下了她。硬座车厢——如今他已身无分文——闷热无比。他走到开放的连廊，坐在一张折叠椅上，车站退向远方，一幢幢陌生建筑的背影逐个掠过。接着，列车驶入春天的田野，一列黄色电车在这里与他们赛跑了一会儿，电车里的人或许曾经在某条街道上不经意间见过黛茜那张迷人的面庞。

车轨拐了个弯，列车朝着背离太阳的方向驶去。日头西沉，霞光普照，似乎在为那座正在消失的、她曾经生活过的城市祈福。他绝望地伸出手去，似乎想要抓住一缕空气，珍藏这个因她而美好的地方的一角碎片。然而，在他的泪眼蒙眬中，这一切都消逝得太快，他知道他已经永远失去了这部分，这最鲜活、最美好的部分。

当我们吃完早餐走到外面的凉台上时，已经九点钟了。一夜之间，天气骤变，空气中已经有了秋意。园丁走到台阶下，他是盖茨比之前的用人中留下来的最后一个。

“盖茨比先生，今天我要把游泳池里的水都抽干。很快就会开始落叶，管道会堵塞。”

“今天先别做，”盖茨比答道。他转过身，抱歉地对我说，“你知道吗，老兄，我整个夏天都没用过那个泳池。”

我看了看我的手表，站起身。

“还有十二分钟我的火车就开了。”

我并不想去城里。我这个样子一点像样的工作都做不了，但是还有另外的原因——我不想离开盖茨比。我错过了那班车，接着又错过了下一班，才强迫自己动身。

“我会给你打电话的。”我最后说道。

“一定，老兄。”

“我中午前后会打给你。”

我们慢慢地走下台阶。

"我想黛茜也会打电话过来的。"他焦急地看着我，仿佛在期盼我的认同。

"我想是的。"

"那么，再见。"

我们握了握手，我便往外走了。当我就要走到树篱时，我想起来一件事，于是又转过身去。

"他们是一帮混蛋。"我朝着草坪对面喊道，"他们一帮人加起来都比不上你。"

至今我都为我说了这句话而高兴。那是我对他说过的唯一一句褒奖的话，因为我自始至终都不认可他。他先是礼貌地点了点头，接着他的脸上又绽放了那种光彩照人、心领神会的微笑，仿佛对于这一点，我俩一直以来都达成了令人欣喜的共识。他迷人的粉色西装在白色的台阶的映衬下显得更加鲜艳。我想起了三个月前，我第一次造访他这复古的豪宅时的情景：草坪上和车道上挤满对他腐朽生活议论纷纷的人。他就站在这些台阶上，内心藏着他不朽的梦想，朝人们挥手道别。

我感谢了他的盛情招待。我们总是就这点向他道谢，我以及其他人。

"再见，"我高喊，"早餐很棒，盖茨比。"

在纽约，我勉强抄录了一会儿不计其数的股票报价，接着就在我的转椅上睡着了。快到中午的时候，电话把我惊醒，我额头上汗珠直冒。是乔丹·贝克打来的。她总是在这个时间打给我，因为她行踪不定地辗转于酒店、俱乐部和私人住址之间，使得我很难找到其他方式联系到她。通常她从电话线那端传来的声音总是清脆悦耳，如同一块高尔夫球场的草皮飘进办公室的窗口；然而今天上午，她的声音听起来却沙哑、干燥。

“我从黛茜家出来了，”她说，“现在我在亨普斯特德，今天下午我要去南安普顿。”

或许离开黛茜家是明智的选择，但是这个行为却让我不高兴，而且她接下来的这句话更令我生气。

“你昨晚对我态度不太好。”

“可是在那种情况下难道不是情有可原的吗？”

沉默了片刻。她又开口道：“不论怎样，我想见你。”

“我也想见你。”

“如果我不去南安普顿了，今天下午来纽约，好吗？”

“不行……我觉得今天下午不行。”

“好吧。”

“今天下午不行。各种原因……”

我们像那样聊了一会儿，然后突然陷入沉默。我不知道是谁先啪的一声挂了电话，但是我知道我并不在乎。哪怕我之后再也不和她说话了，那天我也不可能跟她坐在茶桌旁聊天。

几分钟后，我给盖茨比家里打了电话，但是电话占线。我试了四次，最终一个愤怒的接线员告诉我，这条线被保留给了底特律打来的长途电话。我拿出我的火车时刻表，在三点五十分的那班火车上画了个圈。然后我斜靠在我的椅子上，努力让脑子转起来。这时才刚到中午。

当我早晨乘火车穿过灰堆时，我特意走到车厢另一边。我想那里肯定一整天都围拢着一群好奇的人，小男孩儿在灰烬里寻找暗黑的血迹，多嘴多舌的男人一遍遍地讲述着事情的经过，直到这件事对他自己而言都显得越来越不真实，直到默特尔·威尔逊的悲惨结局被人们遗忘。现在，我想倒回去，讲一下昨天晚上我们离开后，车行里发生了什么。

他们费了半天劲才找到她的妹妹凯瑟琳。她那晚一定是破了自己的酒戒，因为她到的时候已经醉到神志不清，连救护车已经去了法拉盛都听不明白。当他们使她理解过来时，她立马晕倒了，好像那是这起事故中最无法接受的一点。有个人出于好心，或是出于好奇，开车载着她去追她姐姐的遗体了。

直到午夜过去很久，车行门前仍然聚拢着来来往往的人，乔治·威尔逊还在屋里的沙发上翻来滚去。有段时间办公室的门敞着，所有拥进来的人都情不自禁地向里张望。直到有人怒斥这简直太不像话了，才关上了门。米凯利斯和另外几个人陪着他，刚开始有四五个人，后来剩下两三个。又过了一会儿，米凯利斯不得已请求最后剩下的那个陌生人再等十五分钟，他回自己店里煮了一壶咖啡。之后，他一个人陪着威尔逊一直待到黎明。

三点钟左右，威尔逊断断续续的嘟哝发生了质变。他越来越安静，开始说起那辆黄色汽车。他声称他有办法找出那辆黄车的主人，接着他脱口说出几个月前，他的妻子鼻青脸肿地从纽约回来。

但是当他听到自己说出这事，他畏惧起来，重又开始哭哭啼啼地叫喊：“哦，我的天哪。”米凯利斯笨拙地想办法分散他的注意力。

“乔治，你们结婚多久了？来，安静地坐一会儿，回答我的问题。你们结婚多久了？”

“十二年了。”

“有孩子吗？来，乔治，好好坐着……我问你一个问题。你们有孩子吗？”

棕色的甲壳虫不断地往昏暗的灯上撞。每当米凯利斯听到外面一辆车呼啸而过，他就觉得听起来像是几个小时前那辆没停下的车。他不想走进修车间，因为曾经摆放过尸体的工作台上沾染了血迹，所以他只好在办公室里不安地来回走动——在天亮之前，他已经熟悉了屋里的每一件摆设——他时不时又坐到威尔逊身边，努力让他更加平静。

“乔治，你有没有一个时不时会去的教堂？哪怕你已经很久没去过了？或许我可以给教堂打个电话，请一位牧师来跟你聊聊，怎么样？”

“我不属于任何教堂。”

“你应该找个教堂，乔治，来度过这样的时刻。你肯定去过教堂。你们是在教堂里结的婚吗？乔治，听我说。你们是不是在教堂结的婚？”

“那是很久以前了。”

回答问题的努力打断了他摇摆的节奏，他安静了一会儿。接着，之前那种半清醒、半懵懂的表情又回到他黯淡的双眼里。

“打开那边那个抽屉看看。”他指着桌子说。

“哪个抽屉？”

“那个抽屉……那个。”

米凯利斯打开离他手边最近的抽屉。里面空空如也，只有一根小小的、昂贵的狗牵引绳，由皮革和编花的银饰制成，显然是全新的。

“这个吗？”他拿起来问道。

威尔逊盯着看了看，点点头。

“我昨天下午发现的。她想跟我解释它是怎么来的，但我知道这事很荒唐。”

“你是说这是你妻子买的？”

“她用薄纸包起来，放在她的梳妆台上。”

米凯利斯并未从中看出来任何端倪，他向威尔逊提出了十几种他妻子可能会买牵引绳的理由。但是显然，威尔逊已经听默特尔说过几种同样的解释，因为他又开始念叨“哦，我的天哪”。他的安慰者只好任还未说出口的几种解释飘散风中。

“然后他杀了她。”威尔逊突然开口道。

“谁杀了她？”

“我有办法查出来。”

“你不太正常，乔治，”他的朋友说，“你受了刺激，以至于你不知道自己在说什么，你最好尽量平心静气地坐着直到天明。”

“他谋杀了她。”

“这是场意外，乔治。”

威尔逊摇了摇头。他的眼睛眯成了一条线，嘴巴微微张开，不以为然地轻“哼”了一声。

“我知道，”他信誓旦旦地说，“我是那种容易相信别人的人，从不把人往坏里想。但是一旦我知道了，我就不会被糊弄。就是车里的那个男人。她跑出去跟他说话，但是他不肯停车。”

米凯利斯也注意到了这点，但是他并未意识到这里面有任何特殊的含义。他更相信威尔逊太太是想着从她丈夫身边跑开，而不是去截停某一辆特定的车。

“她怎么会这样呢？”

“她是个心思深沉的人，”威尔逊说，仿佛这回答了那个问题，“啊——哎哟——哟——”

他又开始来回晃动，米凯利斯站着，手不停地摆弄牵引绳。

“或许你有什么朋友，我可以给他们打个电话，乔治？”

他并没有抱什么希望，他几乎肯定威尔逊没有朋友：他连他妻子都照看不过来。片刻后，他欣喜地注意到房间里发生了变化：窗边出现了一缕蓝色的晨曦，拂晓将至。五点钟左右，窗外蛋青色的天已经足够亮，可以关上灯了。

威尔逊呆滞的目光望向灰堆，小团小团的灰色云雾聚成奇妙的形状，在微弱的晨风中东飘西荡。

“我跟她谈过了，”一长段沉默过后，他低声说，“我告诉她，你也许可以骗过我，但你骗不了上帝。我拉着她走到窗边，”他费力站起来，走过去斜靠着后窗，脸贴在玻璃上，“我说：‘上帝知道你都做了什么，知道你做的每一件事。你可以骗我，但你骗不了上帝！’”

米凯利斯站在他身后，震惊地发现他正对视着艾克尔伯格大夫的双眼，那双黯淡而硕大的眼睛，刚刚从消散的黑夜里浮现。

“上帝注视着每一件事。”威尔逊重复道。

“那是个广告。”米凯利斯告诉他。有一股力量促使他从窗户旁转过身，回头朝屋里看。但是威尔逊在那儿站了很久，他的脸紧贴着窗玻璃，不住地向晨光点头。

临近六点钟的时候，米凯利斯已经筋疲力尽。当他听到屋外有车停下时，他感激不已。停车的是昨夜一个承诺自己会回来的守候者，于是米凯利斯做了三人份的早餐，他和另一个男人一起吃了。威尔逊现在安静多了，因此，米凯利斯回家睡觉，等他四小时后醒来，急匆匆赶到车行时，威尔逊已经不在了。

根据事后查明的行踪，他全程步行，先是去了罗斯福港，然后朝盖德山走去，途中，他买了一块三明治，但是并没吃，还要了一杯咖啡。他一定很疲惫，步履缓慢，因为直到中午他才走到盖德山。截止到目前，他的行踪都显而易见：有几个男孩儿看到了一个“举止疯癫”的男人，还有几个摩托车手说他隔着马路、眼神诡异地盯着他们看。接下来的三个小时，他从公众视野里消失了。警方凭借他对米凯利斯说过他“有办法找出来”，猜测他应该是花时间在附近的车行一家接一家地寻找，打听一辆黄色汽车的下落。可是另一方面，没有车库的人表示见过他，或许他有一种更简便、更保险的方式可以打听到他想知道的事。到下午两点半，他出现在了西卵村，在那里向别人询问盖茨比的家在哪儿。所以，那时候他已经知道了盖茨比的名字。

下午两点钟，盖茨比穿上泳衣，跟男管家留话说如果任何人打电话过来，就去泳池告诉他。他从车库里拿出那个一整个夏天都供宾客娱乐的充气垫子，司机帮他充好气。接着他吩咐司机，那辆敞篷车任何情况下都不要开出来。——这是很奇怪的，因为那辆车的右前挡泥板需要维修。

盖茨比扛着垫子向泳池走去。他中途停下来，移动了一下垫子，司机问他是否需要帮忙，他摇了摇头，不一会儿就消失在叶子已经泛黄的树林中。

没有电话打进来，但是男管家没有午休，一直等到下午四点——到这时，就算有电话打进来，也没有接线员可以接听了。我觉得，盖茨比自己都不相信会有人打电话来，或许他也已经无所谓了。如果是这样的话，那么他一定感到他已经失去了全部旧日的温暖世界，为太久地守着一个梦而付出了昂贵的代价。他一定抬头穿过阴森的树叶，仰望那片变得陌生的天空，同时发现玫瑰原来是多么诡异的植物，阳光灼烧刚刚发芽的嫩草又是多么残忍，这一切都让他战栗。一个全新的、虚无缥缈的世界，困窘的鬼魂、空气般鲜活的梦想漫无目的地四处游荡……就像那个灰蒙蒙的、古怪的人影，从摇晃不定的树中向他慢慢靠近。

司机（他也是沃尔夫斯海姆的门徒之一）听到了枪响，事后他只是说他当时没当回事。我从火车站开车直接到了盖茨比家，我急匆匆冲上台阶的脚步声才令其他人意识到出事了。但是我坚信他们那时已经知道了。我们四个：司机、男管家、园丁和我，几乎一句话都没说，便一起慌忙跑向泳池。

一股微弱的、几乎很难辨别的水流，从水池一端流进来的清水流向另一端的排水口。水面上几乎看不到水波荡漾，只微微泛起涟漪。充气垫子在泳池中盲目地漂来漂去。一阵难以吹皱池水的微风，便足以扰乱充气垫子——这个泳池的偶然的负担——的随意的轨迹。一簇落叶使它旋转，像经纬仪一般，画出一道细细的红圈。

我们抬着盖茨比朝房子走去后，园丁才在不远处的草丛中看到了威尔逊的尸体。这场屠杀就这样结束了。

第九章

时隔两年，我回想那天余下的时间、那一晚和第二天，只记得络绎不绝的警察、摄影师和新闻记者在盖茨比家的前门进进出出。大门被一根绳子拦住，门旁边站着一位警察，防止那些围观的人进来，但是小男孩们很快就发现他们可以通过我的院子进入，于是，泳池边总是围拢着几个目瞪口呆的小男孩儿。当天下午，有一个举止自信的人，可能是名侦探，他俯身检查威尔逊的尸体时，用了“疯子”这个词，他语气中灵光一现的权威为第二天一早的新闻报道奠定了基调。

大多数报道都是一场噩梦——离奇荒诞，添油加醋，绘声绘色，而且谎话连篇。等到米凯利斯验尸时的证词透露了威尔逊对他妻子的怀疑后，我以为整个故事会迅速被小报活灵活现地报道，但是凯瑟琳，这个原本可以口无遮拦的人，却什么都没说。同时，她还展现出了惊人的人格力量：在她修整过的眉毛下，一双眼睛死死地盯着验尸官，信誓旦旦地说她姐姐没有见过盖茨比，她姐姐和她丈夫在一起幸福美满，她姐姐从未伤害过别人。凯瑟琳说得自己都信以为真了，并且用手帕掩面哭了起来，仿佛连这质疑都超出了她的承受范围。因此，威尔逊最终被简化成了一个“被悲伤扰乱心智”的男人，以便这个案子保持最简单的情节。案子就此了结了。

但是整个事件中，全部这些都显得无关紧要。我发现只有我独自一人站在盖茨比这边。从我给西卵村打电话报告惨剧的那一刻起，所有关于他的猜测、所有实际的问题，都向我涌来。起初，我很惊恐，也很惶惑；但随后，盖茨比躺在他的屋子里，一动不动，没有呼吸，也不说话，渐渐地，我才明白我负有责任，因为没有其他人会感兴趣——我是说，对每个人去世后都拥有一些模糊的权利的强烈的个人兴趣。

在我们发现盖茨比尸体半小时后，我本能地给黛茜打了电话，没有丝毫犹豫。但是她和汤姆那天下午很早就离开了，还带着行李。

“没留地址吗？”

“没有。”

“说他们什么时候会回来了吗？”

“没有。”

“知道他们可能去了哪儿吗？我怎样才能联系上他们？”

“我不知道，说不上来。”

我想为他找个人来。我真想走进他躺着的房间里，安慰他：“盖茨比，我会为你找到人的。别担心。只要相信我就好，我会为你找到人的……”

梅耶·沃尔夫斯海姆的名字不在电话簿上。男管家给了我他在百老汇大街上的办公室地址，我打给了电话局问询处，但是等我拿到电话号码时，已经五点多了。没有人接电话。

“你可以再打一次吗？”

“我已经打了三次了。”

“是件非常重要的事。”

“抱歉，恐怕那边没人。”

我回到客厅，面对屋子里突然之间挤满的公职人员，我乍一看还以为他们都是不速之客。但是，当他们揭开床单，目不转睛地盯着盖茨比时，盖茨比的抗议又开始在我的脑海中盘旋：“听着，老兄。你得给我找个人来。你得努力想办法。我不能一个人孤孤单单地承受这一切。”

有人开始问我问题，但是我转身跑上楼去，在他的书桌没上锁的抽屉里匆忙翻找。——他从未明确告诉过我他的父母是否已经去世。但是桌子里空无一物——只有丹·科迪的一张照片，那段被遗忘的粗犷日子的象征，正从墙上向下打量。

第二天早晨，我让男管家去纽约给沃尔夫斯海姆送了一封信，信中向他打听信息，并恳请他搭乘下一班列车赶过来。我写信的时候，觉得这个要求是多余的。我以为他在报纸上一看到消息就会立刻赶来，就像我以为中午之前黛茜会发来电报……但是电报没来，沃尔夫斯海姆先生也没来。除了越来越多的警察、摄影师和新闻记者，没有别人来。当男管家带回沃尔夫斯海姆的回信时，一股蔑视的情绪在我心中油然而生，我感到我与盖茨比并肩站立，对着其他所有人横眉冷笑。

亲爱的卡拉威先生。这是一生中我遭遇的最大的打击之一，我难以相信它是真的。那个男人如此疯狂的行为确实值得我们所有人反思。我现在没办法过来，因为我正在处理非常重要的业务，目前不能跟这种事发生牵连。如果过段时间我能帮上什么忙，请让埃德加捎封信来告诉我。我听到这样的事情时，简直不知自己身处何方，整个人都被这消息击垮了。

您真挚的，

梅耶·沃尔夫斯海姆

接着又在下面草草附了一句：

请通知我葬礼等事宜，又及，他的家人我都不认识。

那天下午电话响起，长途专线说芝加哥打来电话，我以为黛茜终于来电话了。但是接通后传来一个男子的声音，声音单薄而遥远。

“我是斯莱格尔……”

“请讲？”这个名字听起来非常陌生。

“这真是个噩耗，不是吗？收到我的电报了吗？”

“没有电报发来。”

“小帕克惹麻烦了，”他飞快地说，“他在柜台递交债券的时候被抓住了。五分钟前纽约才给他们发来通知，告诉了他们号码。你能想到吗？嘿！你根本想不到在这种乡下小地方……”

“你好，”我急促地打断了他，“听着，我不是盖茨比。盖茨比先生去世了。”

电话那端长久的沉默，接着是一声尖叫。然后咔嚓一声，电话挂断了。

我记得在第三天，从明尼苏达州的一个小镇发来了一封亨利·C·盖兹签署的电报。上面说发电人即刻动身，请推迟葬礼，等他赶到。

来的是盖茨比的父亲，一个严肃的老人，无助而沮丧，裹着一件廉价的长风衣，与九月的温暖天气格格不入。他眼中不断流下激动的泪水，当我从他手里接过他的包和雨伞时，他开始不停地拉扯自己稀疏的花白胡须，导致我费了半天劲才帮他把外套脱下来。他濒临崩溃的边缘，所以我领他进了音乐室，请他坐下，并给他送了点吃的。但是他不肯吃，那杯牛奶还从他颤抖的手中洒了出来。

“我在芝加哥报纸上看到的消息，”他说，“芝加哥报纸刊登了整个事情的经过。我立刻就动身了。”

“我不知道怎么联系您。”

他空洞的目光在房间里漫游，一刻都不停歇。

“那是个疯子，”他说，“他一定是疯了。”

“不来杯咖啡吗？”我劝他。

“我什么都不要。我现在很好，您是……”

“卡拉威。”

“好的，我现在很好。他们把杰米放在哪儿了？”

我带他走进会客厅里他儿子躺着的地方，留他自己在房间。几个小男孩儿爬上台阶，向大厅里张望。当我告诉他们是谁来了后，他们不情愿地离开了。

过了片刻，盖兹先生打开门，走了出来。他嘴巴微张，脸色泛红，泪珠一颗一颗地从他眼里断断续续地落下。到了他这个年纪，死亡已经不再是件恐怖惊悚的事情。因此，当他平生第一次环顾这里，看到大厅如此富丽堂皇，看到大厅通往的无数华丽房间，他的哀伤里又开始夹杂起一股敬畏的自豪。我带他去了楼上的一间卧室，当他脱下外套和背心时，我告诉他所有的安排都推迟了，直到他来。

“我不知道您想怎么办，盖茨比先生……”

“我姓盖兹。”

“……盖兹先生。我猜您或许想把遗体运去西部。”

他摇了摇头。

“杰米一向更喜欢东部。他在东部飞黄腾达，到了他这个地位。你是我儿子的一个朋友吗，先生？”

“我们是很好的朋友。”

“他前程远大，你知道。他只是个黄毛小子，但是他很有头脑。”

他郑重其事地指了指他的脑袋。我点了点头。

“如果他还活着，他会成为一个大人物，一个像詹姆斯·杰罗姆·希尔[1]那样的人。他将帮助建设这个国家。”

---

① 詹姆斯·杰罗姆·希尔（1838—1916）：美国铁路建筑家、金融家。

“的确如此。”我局促不安地说。

他笨拙地拉扯着绣花被单，试着把它从床上拿下来，然后僵硬地躺下——立刻就睡着了。

那晚一个明显胆战心惊的人打电话来，并且一定要先知道我的名字，才肯告诉我他的名字。

“我是卡拉威先生。”我说。

“噢！”他听上去如释重负，“我是克里普斯普林格。”

我同样如释重负，因为这似乎意味着盖茨比的墓前又会多一位朋友。我不想就葬礼的事登报，引来一大群看热闹的人，所以我只是自己打给了几个人。他们很难联系上。

“葬礼就在明天，”我说，“三点钟，就在这座房子里。我希望你告诉其他可能有意参加的人。”

“噢，我会的，”他急匆匆地打断我，“当然，我可能谁也见不到，但是如果我见到了，我会说的。”

他的语调令我生疑。

“你肯定会出席吧。”

“呃，我肯定会想办法。我打电话来是为了……”

“稍等，”我打断了他，“告诉我你会来的吧？”

“这个，实际上……事实上我现在跟几个人一起住在格林尼治，他们更希望我明天跟他们在一起。实际上，可能会去野餐什么的。当然，我会想尽办法离开。”

我情不自禁地“哼”了一声。他一定听到了，因为他接下来变得很紧张，“我打电话来是为了一双我落在这儿的鞋子。不知能不能麻烦你让男管家送一趟。你知道，那是双网球鞋，没了它们，我可以说很无助。我的地址是：转交 B.F.……”

我没有听全名字，因为我挂了电话。

过后，我为盖茨比感到一阵羞愧——我给一位男士去了电话，他竟然暗示盖茨比死有应得。不过，那是我的错，因为他也是那种借盖茨比的酒壮胆，对盖茨比冷嘲热讽的人。我应该先了解清楚，而不是给他打电话。

葬礼当天早晨，我去纽约找了梅耶·沃尔夫斯海姆。除此之外，我别无他法。我推开了电梯操作员告诉我的那扇门，上面标着“卐字符股份公司”，起初屋里看起来空无一人。但是，当我徒劳地大喊了几声“你好”之后，隔墙后面爆发了一阵争吵声，接着一个漂亮的犹太女人出现在里面的一个门口，一双带有敌意的黑眼睛上下打量我。

“里面没人，”她说，“沃尔夫斯海姆先生去芝加哥了。”

前半句话明显是撒谎，因为里面有人开始用口哨吹不成调的《玫瑰经》。

“请转告卡拉威先生想见他。”

“我没办法让他从芝加哥回来，不是吗？”

就在这时，一个声音，毫无疑问是沃尔夫斯海姆的声音，从门的另一边大喊：“斯特拉！”

“你把名字留在桌上，”她飞快地说，“等他回来我会告诉他。”

“但是我知道他就在这儿。”

她向我迈了一步，双手愤怒地在屁股上上下滑动。

“你们年轻人以为你们可以随时闯进来，”她责备道，“我们已经烦死了。我说他在芝加哥，他就在芝加哥。”

我提到了盖茨比的名字。

“哦！”她重新打量了我一下，“请问您可以……您叫什么？”

她消失了。不一会儿，梅耶·沃尔夫斯海姆威严地站在门口，伸出双手。他把我带进他的办公室，用虔诚的声音说这对我们所有人来说都是一个悲伤的时刻，并递给我一支雪茄。

“我想起我第一次遇见他的时候，”他说，“一个刚从军队退伍的年轻少校，胸前戴满了在战争中获得的勋章。他穷到只能穿军装，因为他买不起便服。我第一次见他时，他走进第四十三街怀恩·布伦纳开的台球厅找工作。他已经好几天没吃东西了。‘来和我一起吃午饭吧。’我说。他不到半小时就吃了超过四美元[①]的食物。”

“你引导他开始做生意的是吗？”我问。

“引导他？我造就了他。”

“哦。”

“我把他从一无所有、从贫民窟中培养出来。当时我一眼就看出他是一个外形俊朗、文质彬彬的年轻人，当他告诉我他上过牛京[②]时，我就知道他是可塑之材。我帮助他加入了美国退伍军人协会，他在那里一度做到很高的位置。他立马就到奥尔巴尼为我的一个客户办了些事。我们总是很亲密，”——他举起两根圆滚滚的手指——“总是在一起。”

我好奇他们的合作是否也包括一九一九年世界棒球联赛的那笔交易。

---

① 20世纪20年代，1美元的购买力约等于2010年的11.43美元。

② 原文Oggsford。

“现在他去世了，”片刻后，我说道，“你是他亲密的朋友，所以我知道你一定想来出席他今天下午的葬礼。”

“我是想去的。”

“好，那就来吧。”

他的鼻毛微微抖动了一下，接着他摇了摇头，眼中噙满了泪水。

“我做不到……我不能被牵扯进去。”他说。

“没有什么会牵扯进来的。现在一切都结束了。”

“当一个人被杀害了，我从不愿意跟这件事有任何牵连。我选择明哲保身。我年轻的时候不这样……如果我的朋友去世了，无论如何，我都会陪伴他们直到最后。你或许认为我是感情用事，但我说到做到……直到最后。”

我从中看出了他自己决意不来的理由，于是我站起身。

“你是大学毕业生吗？”他突然问。

有一瞬间，我以为他要提议建立一个“人脉”，但是他只是点点头，和我握了握手。

“让我们学会当朋友还在世的时候，展示我们的友情，而等到他去世之后，”他说，“一个人去世后，我自己的原则就是决不参与。”

当我离开他的办公室后，天色已经变暗了，我在蒙蒙细雨中回到了西卵村。我换了身衣服，然后去隔壁，看到盖兹先生正在大厅里激动地走来走去。他对他儿子以及他儿子的财产所感到的骄傲之情与时俱增，如今他又要给我展示一个东西。

“杰米寄给我这张照片，”他用颤抖的手拿出他的钱包，“看这儿。”

那是这座别墅的照片，边角已经开裂，被很多手摸得脏兮兮的。他热切地向我指出每一个细节，“看这儿！”然后从我的眼中寻求赞赏。他频繁地展示过这张照片，以至于我觉得对他而言，照片比房子本身更加真实。

“杰米给我寄了这张照片。我觉得这是张很棒的照片。拍得很好。”

“的确。您最近见过他吗？”

“两年前他来看过我，给我买了我现在住的这座房子。当然，他离家出走的时候，我们断绝了关系。但是现在我明白他这么做是有道理的。他知道自己前途无量，而且他成功以后，对我一直很慷慨。”

他似乎很不愿意把照片收起来，恋恋不舍地举着照片，在我眼前多停留了片刻。接着他把钱包放了回去，又拿出一本残破的、名为《霍帕朗·卡西迪[①]》的旧书。

“你看，这是他小时候读的书。它会告诉你一切。”

他翻开书的封底，转过来递给我看。在最后一页的空白页上，工工整整地写着“日程表”这个词，并标着日期：一九〇六年九月十二日。下面写着：

起床……………………………………早上6：00

哑铃运动和爬墙…………………………6：15-6：30

① 马尔福德小说中著名的牛仔英雄形象。

学习电力等……………………7：15–8：15

工作……………………………8：30–下午 4：30

棒球等运动……………………4：30–5：00

练习演讲和仪态………………5：00–6：00

学习有用的新发明……………7：00–9：00

总体目标

不在沙夫特家或者（一个名字，字迹不清）身上浪费时间

不再吸烟，不再嚼烟草

每两天洗一次澡

每周读一本有益的书或者杂志

每周攒五美元（删掉了）三美元

对父母更好一点

"我无意中看到了这本书，"老人说，"它告诉了你一切，不是吗？"

"的确是。"

"杰米注定会出人头地。他总是有这样或是那样的决心。你注意到他是如何提升自我的吗？这方面他很擅长。有一次他说我吃东西像猪一样，然后我揍了他一顿。"

他舍不得合上书，将每行字都大声地读出来，然后满眼期盼地看着我。我想他可能希望我把这个清单抄下来以供己用。

快到三点的时候，路德教的牧师从法拉盛赶到。我开始不由自主地望向窗外，期待有别的车来。盖茨比的父亲也是。随着时

间的流逝，仆人们都走进来，站在大厅等候，盖茨比的父亲开始焦急地眨眼，他忐忑不安地说起这场雨。牧师瞥了好几次他的手表，我只好把他带到一旁，请他再多等半小时。但也只是徒劳。没有人出现。

五点左右，我们前后三辆车抵达了墓地，在细密的雨中停在了门边：首先是一辆湿漉漉、黑漆漆的机动灵车，看起来挺吓人；接着是盖兹先生、牧师和我乘坐的豪华汽车，再后面一点，是四五个仆人和西卵村的邮差乘坐的盖茨比的旅行车，大家全都湿透了。当我们穿过大门、进入墓地的时候，我听到一辆车停下来，接着听到有人踏着积水的地面一路追过来。我向后望去，原来是三个月前的那天晚上，我碰到的那个戴着猫头鹰眼镜的男人，当时他正在图书馆中对盖茨比的藏书惊叹不已。

自那之后，我再没见过他。我不知道他是如何知道葬礼的，我甚至连他的名字都不知道。雨顺着他厚厚的镜片流下来，他不得不摘下来擦拭，才能看清挡雨的帆布从盖茨比的墓上卷起。

然后，我努力回想了一下盖茨比，但是他已经显得很遥远了，我只记得黛西连一条信息或是一束花都没有送来，但我已不再心怀愤恨。我隐约听到有人低语：“上帝保佑雨中的死者。”接着戴猫头鹰眼镜的男人坚毅地说了一句：“阿门。”

我们在雨中零零散散地朝自己的车跑去。到了门边，猫头鹰眼镜对我说：“我没能赶到他家。”

“谁都没能来。”

“不会吧！”他说道，“为什么，天哪！他们曾经成百成百地去那里！”

他又摘下眼镜，里里外外地擦了一遍。

“可怜的倒霉鬼。”他说。

我记忆中最鲜活的场景之一，就是每年圣诞节从预科学校，以及之后从大学回到西部。那些去比芝加哥还远的地方的同学，会在一个十二月的晚上六点钟，相聚在老旧昏暗的联邦车站，身边几个已经沉浸在节日欢乐气氛中的芝加哥本地朋友，和他们匆匆告别。我仍记得，那些从这所或那所私立女校回来的女孩儿们披着的毛皮大衣，那些在寒冷天气里的寒暄，那些看到熟人后在头顶上挥舞的手掌，那些收到的邀请的互相对比："你是去奥德韦家吗？赫西家？舒尔茨家？”以及那些我们戴着手套的手中紧紧攥着的长长的绿色车票。最后，还有停在门边轨道上的芝加哥密尔沃基和圣保罗铁路的模糊的黄色列车，看起来像圣诞节一样喜气洋洋。

当列车驶入冬日夜晚，真正的雪，我们的雪，在我们身旁绵延伸展，在车窗上映出闪烁的光。小小的威斯康星车站的昏黄灯光一闪而过，空气中一股凛冽的冷风呼啸而至。我们吃过晚餐、穿过寒冷的门廊往回走时，深深呼吸着这寒气，在一个奇怪的时刻，难以言喻地体会到我们与这个国家休戚相关，然后我们再次面目模糊地融入芸芸众生。

这就是我的中西部：不是麦田，不是草原，也不是失落的瑞典移民小镇，而是我青春时代激动人心的返乡列车、寒冷黑夜中的街灯和雪橇铃声，以及被亮灯的窗户映照到雪上的圣诞花环的影子。这环境给我潜移默化的影响：漫长冬日的氛围令我有些不苟言笑，在卡拉威公馆中长大令我有些自满。在这座城市，一家的住宅世世代代以来仍旧被称为某姓公馆。如今我才发现，这故事归根结底是一个西部的故事，汤姆、盖茨比、黛茜、乔丹和我都是西部人，或许我们拥有一些共同的缺点，令我们无法完全适应东部的生活。

即便当东部最令我心旌荡漾的时候，即便当我最敏锐地觉察到东部的优越性的时候——尤其是与俄亥俄边上那些无聊、繁多、臃肿的城镇相比，在这些地方，闲言碎语无休无止，只有小孩子和老人能够幸免——在我眼中，东部依然带有一种扭曲的特性。尤其是西卵村，总在我光怪陆离的梦境中出现。我将它视作埃尔·格列柯[①]笔下的夜景：一百座既寻常又奇异的房屋，蹲伏在阴沉低垂的天空和一轮黯淡无光的月亮之下。在前景，四个身着西装、神情严肃的男人抬着一副担架沿着人行道前行，担架上躺着一个穿着白色晚礼服的醉酒女人。她的一只手从担架一侧耷拉下来，手上的珠宝闪着冷光。四个男人庄重地拐进一座房子——他们走错了地方。但是没有人知道女人的名字，也没有人在乎。

盖茨比去世后，东部就总是以这副模样萦绕在我心间，扭曲失真到超出了我眼力的纠正范围。因此，当干枯的叶子燃烧起的青烟在空中弥漫，当冷风将挂在晾衣绳上的湿衣服吹得僵硬时，我决定回家。

在我离开之前，有件事我必须得做，一件尴尬的、令人不愉

---

① 埃尔·格列柯（1541—1614）：西班牙文艺复兴时期著名的幻想主义画家。

快的事。或许处理这件事最好的办法是不予理会，但是我更想善始善终，而不是任凭慈悲又冷漠的大海冲走我的悔恨。我去见了乔丹·贝克，告诉她我们两人前前后后所有共同经历的事情，以及后来我自己的遭遇。她靠在一把大椅子里，一动不动地听着。

我记得当时她身着高尔夫运动装，在我看来宛如一幅美好的插画：她的下巴扬扬得意地翘起，她的头发是秋叶的颜色，她的脸庞散发着同她膝上那双漏指手套一样的古铜色泽。当我说完后，她并没有做出任何评论，而是告诉我她和另一个男人订婚了。我怀疑这话的真实性，虽然的确有好几个男人，只要她一点头立马就可以结婚。但是我还是假装很吃惊。有那么一瞬间，我怀疑我是不是做错了，接着我又从头考虑了一遍，起身离开。

“不管怎么说，是你把我抛弃了，”乔丹突然说，“你那天在电话里把我抛弃了。我现在完全不把你当回事了，但是这对我来说是个全新的体验，我有一段时间感到非常茫然。”

我们握了握手。

“哦，你还记不记得……”她补充道，“我们曾经有过一次关于开车的谈话？”

“怎么了？我记不太清了……”

“你说过一个粗心的司机，只有在碰到另一个粗心的司机之前，才是安全的，对吧？看，我碰到了另一个粗心的司机，不是吗？我是说，我是多粗心，才看走眼。我以为你是一个诚实、正直的人，我以为你暗自以此为荣。”

“我三十岁了，”我说，“如果我再年轻五岁，那我还可以自欺欺人，并称这是诚实的行为。”

她没有回答。我怀着恼怒、对她的几分眷恋，以及深深的歉意，转身离开。

十月下旬的一个下午，我见到了汤姆·布坎南。他正沿着第五大道在我前面走着，带着他独有的机警、气势汹汹的姿态。他的双手外摆，微微离开身体，仿佛要击退一切干扰。他的头大幅度地左转右转，以配合他忙个不停的双眼。正当我放慢脚步以免超过他时，他停下来，皱着眉头向一家珠宝店的橱窗里张望。忽然间，他看到了我，于是往回走，并伸出了手。

“怎么了，尼克？你拒绝和我握手吗？”

“是的。你知道我对你的看法。”

“你疯了，尼克，”他飞快地说，“彻底疯了。我不知道你这是怎么了。”

“汤姆，”我问道，“你那天下午对威尔逊说了什么？”

他沉默地盯着我，我意识到我猜对了那无从知晓的几个小时里发生了什么。我转身就走，但是他追上一步，抓住了我的手臂。

“我告诉了他事实，”他说，“我们正准备离开的时候，他来到我家门口。我派人去说我们不在，他却要硬闯到楼上来。他当时已经发疯了，要是我不告诉他那是谁的车，他一定会杀了我。他在我家里的时候，手一直放在口袋里的左轮手枪上……”他突然变得强硬起来，“是我告诉他的，那又怎样？那家伙罪有应得。他对你施了迷魂药，就像他对黛茜那样，但他是个冷血无情的家伙。他碾过默特尔，就像碾过一条狗，连车都不停一下。”

我无话可说，只有一个说不出口的事实：这不是真的。

“你以为我就不心痛吗？听着，当我过去解除公寓合同时，看到了那盒该死的狗饼干，还在餐具柜里摆着，我坐下来哭得像个孩子。上帝，这太痛苦了……”

我无法原谅他，也无法认同他，但是我发现，他所做的一切对他而言完全是合情合理的。他只不过是太冷漠、太糊涂。他们都是冷漠的人——汤姆和黛茜都是——他们把人和事情搞得一团糟，然后缩回到他们的金钱，或是他们的麻木不仁中去，抑或其他令他们俩仍然在一起的东西中去，然后让别人去收拾他们留下的烂摊子……

我和他握了握手，不肯握手会显得很蠢，因为我突然感到我好像是在跟一个小孩子聊天。接着他走进珠宝店，去买一串珍珠项链，或者只是一对袖扣，彻底摆脱了我这个乡下人的苛责。

当我离开的时候，盖茨比的房子仍旧空空荡荡，他草坪上的草已经跟我一般高了。有一个西卵村的出租车司机，每次载客经过盖茨比豪宅门口，都会停下来朝里面指指点点。或许就是他事发当晚载着黛茜和盖茨比前往东卵村的，又或许他自己凭空编造了一个故事。我并不想听，每次从列车上下来，我都避开他。

每周六晚上我都在纽约度过，因为盖茨比那些熠熠生辉、光彩夺目的宴会对我而言仍然如在眼前，我似乎仍能听到缥缈的音乐声和笑声从他的花园中不断地传来，他的车道上仍旧车水马龙。一天夜里，我真切地听到一辆车驶来，看到车灯在盖茨比门前的台阶旁停了下来。但是我没有去深究。或许是来自世界尽头的最后一位客人，并不知道宴会早已落幕了。

在最后那个晚上，我收拾好行李箱，把我的车卖给了杂货店老板，然后，我走过去再看一眼那座庞大而杂乱、象征着失败的房子。白色的台阶上，不知哪个小男孩儿用砖块涂了一句脏话，在月色下格外明显，我擦掉了它，鞋子在大理石上摩擦，发出刺耳的声音。接着我漫步到沙滩，平躺在沙子上。

大部分海景豪宅已经关闭了，海边亮光难寻，只有一艘渡船驶过海峡，划过一道昏暗灯影。银月渐渐升高，那些不起眼的房子开始消隐，慢慢地，我认出了那个曾经在荷兰水手眼中绽放的古老岛屿，一个生机勃勃、绿意盎然的新世界的腹地。岛上那些消失了的树木，那些给盖茨比的豪宅让路的树木，曾经一度婆娑起舞，低声应和着全人类最后、也是最伟大的梦；在悸动人心的一刹那，这片大陆的存在一定让人不禁屏住呼吸，陷入一种他从未理解过、也从未渴求过的美学沉思。他所面对的，是日后一去不复返的原始绿岛，心中怀着的，是他所能发出的最大的惊喜。

当我坐在那儿遥想那个古老而未知的世界时，我想起当盖茨比第一次认出黛茜码头尽头的那盏绿灯时所感到的惊喜。为了抵达这幽蓝的草坪，他跋涉了一条漫长的来路；他的梦想看起来近在眼前，他似乎不会与之失之交臂。他并不知道，其实梦想已经躲到了他身后，躲到这座城市郊外无垠的混沌之中，在那里，共和国的黑暗田野在夜幕下铺展延伸。

盖茨比信仰那绿灯，信仰那年复一年与我们渐行渐远的激荡人心的未来。它曾经从我们身边溜走，不过没关系……明天我们会跑得更快，把手臂伸得更长……总有一个美好的早晨——

所以，我们奋力击水，小舟逆流而上，不停地被推回至往昔。

图书在版编目（CIP）数据

了不起的盖茨比 /（美）菲茨杰拉德著；孙晴译 .—北京：作家出版社，2019.2
（作家经典文库）
ISBN 978-7-5063-9922-7

Ⅰ.①了… Ⅱ.①菲… ②孙… Ⅲ.①长篇小说—美国—现代
Ⅳ.① I712.45

中国版本图书馆 CIP 数据核字（2018）第 030741 号

了不起的盖茨比

作　　者：（美）菲茨杰拉德
译　　者：孙　晴
责任编辑：省登宇
装帧设计：好谢翔
出版发行：作家出版社有限公司
社　　址：北京农展馆南里 10 号　　**邮　　编**：100125
电话传真：86-10-65067186（发行中心及邮购部）
86-10-65004079（总编室）
E-mail:zuojia @ zuojia.net.cn
http://www.zuojiachubanshe.com（作家在线）
印　　刷：北京中科印刷有限公司
成品尺寸：142×210
字　　数：150 千
印　　张：5.75
印　　数：001-10000
版　　次：2019 年 2 月第 1 版
印　　次：2019 年 2 月第 1 次印刷
ISBN 978-7-5063-9922-7
定　　价：39.00 元（精）
